ことのは文庫

神宮道西入ル

謎解き京都のエフェメラル

秋霖と黄金色の追憶

泉坂光輝

MICRO MAGAZINE

エフェメラル＝儚いもの

目次

平安神宮
鹿ケ谷
無鄰菴
神宮道
岡崎
南禅寺
青蓮院門跡
粟田口
知恩院
三条通
清水
清水寺

京都マップ

『謎解き京都のエフェメラル』の舞台

神宮道西入ル

謎解き京都のエフェメラル

秋霖と黄金色の追憶

主要登場人物

春瀬《はるせ》 壱弥《いちや》………ぐうたら探偵

高槻《たかつき》 ナラ《なら》………法学部の現役女子大生&助手？

大和路《やまとじ》 主計《かずえ》……五条坂にある呉服屋の息子

春瀬《はるせ》 貴壱《きいち》………壱弥の兄&消化器内科医

高槻《たかつき》 匡一朗《きょういちろう》……ナラの祖父で弁護士

『露結ぶ花の下で』

楠木《くすのき》 望《のぞむ》…………主計の中学からの先輩。書家

楠木《くすのき》 栞那《かんな》………望の妻。依頼者

清原《きよはら》 夕香《ゆうか》………主計の大学時代の先輩

楠木《くすのき》 大成《たいせい》………望の父。能書家

『錦秋に染まる』

安立《あだち》 葵《あおい》…………ナラの友人。経済学部

入内島《いなじま》 義《あき》………神奈川県在住の内科医。相談者

春瀬《はるせ》 梨依子《りえこ》……貴壱の妻

春瀬《はるせ》 貴依《きえ》………貴壱の娘、8歳

『琥珀と彼女の機械式時計』

玄野《くろの》 小夜《さよ》………脳腫瘍を患う女性

玄野《くろの》 佳矢《かや》………小夜の母

鳴海《なるみ》……………ナラの友人

露結ぶ花の下で

薄墨を刷《は》いたような曇天が、薄く高く広がっていた。

しかし、僅かな雲間から顔を見せる淡い水色の空が、雨は降らないことを示している。

午前九時半。少し早めに自宅を出発した私は、なだらかに走る京都市バスに揺られながら、流れていく車窓の景色をぼんやりと眺めていた。

車両は白川通《しらかわどおり》から二条通《にじょうどおり》へと右折し、広がる芝生の岡崎公園を通り過ぎたあと、間もなく平安神宮から南に延びる神宮道《じんぐうみち》へと入る。そして岡崎のシンボルでもある赤い大鳥居をゆっくりと潜り抜けたところで、私は神宮道の停留所でバスを降りた。

九月も下旬に差し掛かったはずなのに、纏《まと》わりつく空気は夏のそれと少しも変わらないくらい、じっとりとした暑さを秘めている。その不快感から逃れるように、私は急ぎ足で三条神宮道の交差点を南へ渡る。そのまま寺院の緑に囲まれた緩やかな坂道を歩いていくと、ようやく残暑の空気に涼やかさが差した。

神宮道は三条通を渡った直後から、観光客が行き交う賑やかさを隠すように人気《ひとけ》のないものへと変化する。そんな静寂を纏う道から西に折れた小路に、探偵事務所はひっそりと佇んでいた。

そこはかつて私の祖父が法律事務所として構えていたもので、祖父が亡くなった今は、祖父と親しい関係にあったという探偵が継いでいる。

彼は失くしたものを見つけてくれる探偵だと評判ではあるが、その私生活は驚くほど締まりのないもので、仕事のない日にはいつも昼間から惰眠を貪り、食事をすることすらも忘れてしまう。そんなぐうたらな人物である。

ただ、その容貌だけは無駄に整っていて、印象的な琥珀色の瞳は人を魅了する。そんな厄介な探偵のことを思い浮かべながら顔を上げたその時、石畳の参道からふらりと現れる人影に気が付いた。

その人物は生憎《あいにく》の曇り空を仰いだかと思うと、少しだけ寝癖のついた黒髪をくしゃりと掻きながら大きな欠伸を零した。

「壱弥《いちや》さん」

私の声に、彼は視線を滑らせる。

そしてこちらの姿を瞳に映すと、小さく右手を上げた。

「なんや、ナラか」

「青蓮院門跡《しょうれんいんもんぜき》さんに行ってたんですか？」

「あぁ、散歩のついでに寄り道しただけやけど」

神宮道沿いにある青蓮院門跡は、大原三千院《おおはらさんぜんいん》や妙法院門跡《みょうほういんもんぜき》とともに天台宗三門跡に数えられる皇室ゆかりの寺院で、別名を「粟田御所《あわたごしょ》」というそうだ。

境内には四つの庭園があって、中でも有名なのが室町時代に作庭されたという相阿弥《そうあみ》の庭と、キリシマツツジを主とした霧島の庭である。また、寺院の門前から道沿いにまで続く参道には、樹齢八百年を超える五本のクスノキが青く繁り、くすんだ空を彩るように広く大きく天井を覆っている。

その自然豊かな寺院を背景に、寝ぼけ眼をこする彼の顔を見上げた時、あるものを目にして私は吹きだした。

「もしかして壱弥さん、座敷で寝てしもてたんですか？」

「ん？　なんで分かんねん」

不思議そうに問い返す彼に、自ずと口元が緩む。

「ほっぺたに畳の跡がついてるんで」

そう、私は自分の左頬を指で示す。すると壱弥さんは右手の指で頬を触り、刻み込まれた畳の目を読み取ったのか、にんまりと笑った。

「あぁ、顔に書いてあったか」

その言葉が私に向けた皮肉だと気付くまでに、然程《さほど》の時間は要さない。

いつだったか「顔に書いてある」という彼の指摘に、反射的に自分の頬を触ってしまったことがあった。ただその時とは異なって、今は本当に文字通りの意味ではあるのだが。

「……怒りますよ」

過去の過ちを恥じる私の反応に、彼は満足げな顔を見せた。しかし、それ以上の論争を繰り広げるつもりなど微塵《みじん》もないのだと言うように、次には柔らかい口調で別の話題を持ちかける。

「今から清洛堂《せいらくどう》に行くつもりやねんけど、一緒に行く？」

想像もしていなかった誘い文句に、私は思わず声を上げた。

清洛堂とは知恩院《ちおんいん》前にある老舗の和菓子屋のことで、出不精の壱弥さんが唯一前向きに足を運ぶお気に入りのお店である。その店舗は決して大きいとは言えないものの、定番商品や季節限定の銘菓は百貨店にも並ぶほどの人気を誇り、知る人ぞ知る有名店となっているそうだ。

また、中秋の名月でもある今日は、一日限定で満月を象《かたど》った黄色い栗きんとん「美月《みつき》」が販売される。恐らく彼はそれを目当てにしているのだろう。

「実は私も清洛堂に行こかな思て、壱弥さんのこと誘いにきたんです」

もちろん目的は同じ。互いの思考が重なって無意識に声が弾む。

私の同意を受け取った彼は、何も言わないまま軽やかな足取りで神宮道を歩き始めた。

依然として灰色の雲に覆われた空模様のはずなのに、昼間の最高気温はいまだ三十度を超える。ただ、纏う空気は暑くても、盛夏を過ぎた景色はかつての鮮やかさを失い、雲間から覗く陽光やその眩しさは、日ごと緩やかに褪せ始めていた。

それでも紅葉の時分などはまだ想像もつかないくらい、九月の残暑は厳しく長い。

緩やかな坂道を登り終え、黒門前の三叉路を西側に曲がると、そのまま真っ直ぐに知恩院の古門を潜り抜ける。そして優しい白川のせせらぎを耳にしながら石造りの橋を渡ったところで、ようやく大通りの向こう側、交差点の角に目的の和菓子屋が姿を見せた。

不快な暑さを避けるように滑り込んだ店内は、想像よりも多くの人で賑わっていた。

「思ったより並んでますね」

「あぁ」

ぐるりと店内を見回せば、ひと際目立つ大きな筆文字で栗きんとん「美月」の名前が掲げられているのが分かる。そのすぐ下には、夜空のような藍色の紙で包まれた菓子がきっちりと並べられていた。

かすかに聞こえる箏《そう》の音色を背景に、私たちは形成されている列の最後尾で待機する。そしてようやく順番が回ってきた時、陳列された栗きんとんを見て私は愕然とした。

どこからどう見ても、栗きんとんはたった一粒だけしか残っていない。傍らにある販売案内の張り紙によると、これで午前中の販売分はすべて終了だという。

あまりの悲しさに、私は隣に立つ壱弥さんの顔を見上げる。すると、彼は少しだけ困った様子で黒髪を掻いた。

「まぁ、しゃあないわな。とりあえずひとつだけでも買《こ》うたら」

彼の言う通り、悲しんだところでないものには出会えないのだ。今回はご縁がなかったと潔く諦める他はないだろう。

ただ、購入するものがそれだけとなると心寂しいため、合わせて季節商品の月見団子や定番の豆大福などをいくつか購入することにした。

スマートフォンで勘定を済ませる壱弥さんのそばで、お店のロゴマークがあしらわれた手提げの紙袋を受け取る。直後、どこからか名前を呼ばれたような気がして、私は顔を上げた。

「ナラちゃん、こっち」

今度ははっきりと聞こえる声に、周辺を見回しながらその音源を探す。すると、レジを担当する店員の後ろから着物姿の女性がひょっこりと姿を見せた。

その女性は清洛堂の一人娘、夕香《ゆうか》さんである。

「夕香さん、こんにちは。今日のお着物も素敵ですね」

私が挨拶をすると、彼女はぱっと表情を明るくした。

夕香さんが纏う青緑色の着物には、胸元から裾に向かって華やかな菊花や薄《すすき》などの秋草が描かれている。合わせる帯は上品な艶のある白色で、帯揚げには着物よりも淡い水色を置き、最後に落ち着いた藍色の帯締めで全体を引き締めている。そんな印象であった。

「ありがとう。これ、主計《かずえ》くんとこで誂《あつら》えてもらったお気に入りやねん」

「そうなんですね。秋らしくて今日にぴったりですね」

髪を彩る簪《かんざし》には、菊花とともに満月のような黄色い蜻蛉玉《とんぼだま》が装飾されていて、彼女がほほえむたびにしゃらりと揺れる。

もしかすると着物は今日のためだけに誂えられたものなのかもしれない。そう思った時、夕香さんが不意に店の外へと視線を向けた。

「そういえば、今日は春瀬《はるせ》さんも一緒なんやね」

とうの昔に勘定を済ませ、暇を持て余すように店の外で佇む壱弥さんを見て、彼女はいくらか表情を和らげる。その視線に気が付いたのか、硝子《ガラス》越しに壱弥さんは小さく会釈を返した。

「ほんまいつ見ても綺麗な顔してはるよなぁ。モデルさんみたいやわ」

そう、夕香さんは感心するように頷いてみせる。

確かに、目鼻立ちのはっきりとした容貌と長身だけを見れば、そのように思うものなのかもしれない。もちろん、つい先ほどまでその綺麗な顔に畳の目がくっきりと転写されていたことは知る由もなく、どうしようもない彼の私生活に関しては、知らぬが仏というものではあるが。

どのように返すのが正解なのかと苦笑する私に、反応など少しも気に留めない様子で夕香さんは続けていく。

「お目当てのものは買えた？」

「はい。栗きんとんは最後のひとつだけやったんですけどね」

ほんの少しだけ残念な気持ちを含めて返答する。すると夕香さんは眉をひそめた難しい表情を見せた。

「あー……それは残念やったね。でも、半分こするにはちょっとちっさいもんな」

「そうですよね。なのでこれは壱弥さんに大事に食べてもらいます」

初めからそのつもりで足を運んだのだ。限定商品が手に入ったのであれば、それを彼に食べてもらいたいと思うのは当然のことだろう。

「ふーん、彼にあげるんや。それって――」

神妙な面持ちで紡がれた言葉は、唐突に響いた彼女の名前を呼ぶ男性の声に遮られる。口調から察するに、恐らくその声は清洛堂の店主でもある彼女の父親のものだろう。

夕香さんはわざとらしく肩をすくめ、両手で耳を塞ぐ仕草を見せる。

「あぁもう嫌やわぁ、頑固おやじが呼んでるわ」

「はよ戻らな、また怒られますもんね」

「また、は余計やでナラちゃん」

憂鬱そうに眉を下げながら溜息をついたあと、彼女はふわりとその身を翻す。揺れる青緑色の着物の外袖には、散らされた華やかな文様の中に、満月のような金糸でつらつらと刺繍が施されていた。

それは和歌のようにも見えるものの、滑らかに崩された文字であるがゆえに易々《やすやす》とは読み取ることができない。一文字目に来る文字は露だろうか。

文字の流れを目で辿ってみたものの、それを隠してしまうように夕香さんは振り返る。そして、私に向かって控えめに手を振った。

「忙《せわ》しなくてごめんな。またいつでも遊びに来てね」

店の奥へと消えていく彼女の後ろ姿を見送った私は、外で佇む壱弥さんのもとへと急いだ。


先の記憶をなぞりながら、私は目にしたばかりの文字をぼんやりと呼び起こしていた。露ながら折りてかざさむ菊の花――それはどこかで耳にしたことのある音調で、和歌の一節であることは間違いないだろう。

ただ、先に続く下の句がどうしても思い出せそうにない。

進んでいく彼の足元を目で追いかけながら、その歩調に合わせて歩いていく。

「ナラ」

はっとして、私は顔を上げた。同時に、前を歩いていた壱弥さんの背中にぶつかりそうになって、小さく悲鳴を漏らす。

「すいません、前見てませんでした」

「ん、なんや。歩きながら寝とったんか」

「寝てませんよ。壱弥さんじゃあるまいし」

いたずらに笑う彼に反論したところで、いつの間にか事務所に到着していたことに気付き、私はもう一度謝罪した。彼は不思議そうな顔を見せたものの、本来の要件を思い出したのか私に向かって尋ねかける。

「このあと、どっか出かける予定なんか？」

どうやら、私がいつもの赤い自転車を連れていないことが気になっていたらしい。

「はい、主計さんと観月祭《かんげつさい》に行く約束してて」

「あぁ……主計な。確かにそんなこと言うてた気するわ」

彼は視線を宙に彷徨《さまよ》わせる。

「主計さんの知り合いの人が演奏会に出演するらしくて、それを聴きに行くんです。時間まで周辺の散策もするつもりやし、よかったら壱弥さんも一緒に行きませんか？」

誘いの言葉をかけると、彼は眉間に皺を寄せた。

「それって、三人でってことか」

「はい、そうですけど」

「……そういうことなら俺は遠慮しとくわ。主計もおまえと二人で行きたいやろし」

彼の消極的な返答に、私は首をかしげる。

「でも、壱弥さんも誘ったらって主計さんが言うてはったんですけど」

昨日の夜、主計さんと確認のやり取りをしていた時に、壱弥さんも誘ってはどうかという提案を彼から受けたのだ。その時の会話を思い出しながら、彼が話していたことをそのまま壱弥さんへと伝えていく。

するとと、壱弥さんは呆れた様子で小さく溜息をついた。

「……あいつ、やっぱり可愛気《かわいげ》ないわ」

「えっ」

「いや、こっちの話」

そう、ひらりと手を振って返答を濁す。そして次にはポケットから取り出した鍵で事務所の入り口を解錠し、ゆっくりと扉を開いた。

「とりあえず今日は午後から仕事で手離せへんで、二人で楽しんできい」

「そうなんですね。次の休みはいつなんですか？」

「通常通り、次の月曜日やな」

やはり少しばかり忙しい時期に突入しているのだろう。

探偵助手として彼の仕事を手伝うことになったとはいえども、個人情報を扱うような企業からの依頼や、書類作成などの通常業務に関してはさっぱりで、手を取るものは個人からの捜索依頼が中心となっている。それも、月に一度あるかどうかのもので、明確な線引きはしていない。

ただ、何かしらのご縁があってそのまま協力する形になったというだけなのだ。

事務所に入る彼の背中に向かって静かに声を放つ。

「もし私にも手伝えることがあったら、教えてくださいね」

ありがとう、と振り返る彼に、私は手にしていた清洛堂の紙袋を持ち上げる。すると壱弥さんは少しの間を置いてからそれを受け取った。

「寄ってかへんの？」

「はい。思ってたより遅《おそ》なってしもたし、そろそろ行きます」

「そうか」

それなら仕方ないと言うように、壱弥さんは声の調子を落とす。

その静かな感情の移ろいに、私は少しだけ自身の言動を悔やんだ。同時に、もしかすると彼は私の訪問を楽しみにしてくれているのかもしれないと、そんな願望のような憶測さえ浮かんでくる。

しかし、夢うつつの私を現実に引き戻すように、彼のスマートフォンが軽やかな音を立てて鳴り響いた。気だるげに画面を確認した壱弥さんは、ほんの一瞬だけ困ったような表情を見せる。

「悪い、電話や」

「ほな私はこれで。よかったら、栗きんとんは壱弥さんが食べてくださいね」

「あぁ、おおきに。気ぃつけて」

小さく手を振ると、彼はうっすらとほほえみながら別れを告げる。同時に、眩しい琥珀色の瞳にまじまじと見つめられ、私は思わず目を逸らした。

しかし、次には何事もなかったかのように壱弥さんは緩い声で電話に応答する。

耳に届く彼の砕けた口調とかすかな女性の声に、私はその場から逃げ出すように東山駅《ひがしやま》へと急いだ。


離れていく電車の音を背景に、神宮丸太町駅《じんぐうまるたまち》の改札を抜けると、すぐ目の前の壁際に佇む男性に気が付いた。

「主計さん」

彼は手元のスマートフォンから視線を外し、静かに顔を上げる。淡い色味の洋服に、ふんわりとした栗色の髪がよく似合うと思った時、私の姿を捉えた主計さんはいくらか表情を緩ませた。

「お待たせしてしもてすいません」

「ううん、僕もさっき着いたところやで」

お約束の言葉ではあるが、その柔らかい声音にわざとらしさは窺えない。それどころか彼の持つ静かな雰囲気は、直前まで抱いていた緊張を解《ほぐ》し、穏やかな気持ちにさせてくれるものであった。

「ほな、行こか」

その声に、私は頷いてからゆっくりと歩き出した。

私たちが目指す場所は、京都御苑《きょうとぎょえん》の東側にある萩《はぎ》の宮と呼ばれる神社である。その名の通り、境内には約五百株もの萩が植えられており、正式名称は梨木神社《なしのきじんじゃ》というらしい。秋口になると萩は一斉に綻び、九月下旬には満開の折を見せる。

その短命な秋の景色を一目楽しもうと、嵯峨野《さがの》に向かう前に寄り道をする約束をしていた。

地上へと向から階段を上り、丸太町橋を西へと渡っていく。それからしばらく真っ直ぐに歩き進め、ようやく寺町通《てらまちどおり》へと辿り着いた時、隣を歩いていた主計さんがふと私を覗き込むように見下ろした。

「ナラちゃん、梨木神社には行ったことある？」

「いえ、初めてです。近くにある廬山寺《ろざんじ》にはこの前行ったところなんですけど」

「あぁ、そういえば桔梗《ききょう》が有名なお寺、探してはったもんな」

彼の言葉を耳に、私はその時の出来事を思い出す。

それは秋が始まったばかりの頃に巡った、祖父母が何度も訪れたという思い出の場所であった。あの時に見た美しい紫色の桔梗は、今はもう緩やかにその花期を終わらせている。

それに代わるように藤袴《ふじばかま》や萩が見頃を迎え、素朴な仲秋の京都に優しい彩りを添えてくれている。

静かに主計さんは続けていく。

「ほんまは女の子を誘うような場所とちゃうんやろけど、ナラちゃんやったらこういうのも好きかなって思てな」

「はい。こういう季節の移ろいを感じられる静かな場所っていいなって思います」

そう伝えると、彼は小さくほほえんだ。

石鳥居を抜けて、本殿に続く石畳の参道に足を踏み入れると、しなやかにたわむ枝と赤紫色の花が姿を見せる。

萩はとても小ぶりの花であり、あっと驚くような華やかさは持っていない。それでも、花が綻ぶ様子はまるで可憐な蝶たちが羽ばたくようで、見る者の心に潤いを与えてくれることは確かであった。

「そういえば、壱弥兄さんは来るって？」

参道を歩む主計さんは、不意に思い出したように後ろを振り返る。

「今日は午後から仕事があるらしくて、難しいみたいです」

私の返答を聞いた彼は、淡い栗色の瞳を僅かに細めた。そして、視線を正面に戻す。

「まぁ仕方ないよな。兄さん、毎日忙しいやろし」

その言葉はまるで、初めから知っていたのではないかと思うくらい、淡々と紡がれる。それほどに、最近の壱弥さんは忙しなく働いているということなのだろう。よくソファーで居眠りをしてはいるけれど。

真っ直ぐに進む主計さんの背中を追いかけながら、少し開けた場所にある拝殿の前に出ると、彼はそこで足を止めた。

そして周囲をぐるりと見回しながら口を開く。

「よかった。綺麗に満開やね」

主計さんの言葉通り、鮮やかな赤紫色の花が視界を彩るように咲いている。その景色は、とても地味と言われる花だとは思えないほどに眩しく輝いていた。

「萩って小さいのにこんなに綺麗なんですね」

「うん。昔の人やったら、こういう時に一首詠んだんやろな」

「そうですね。萩って言うたら、やっぱり万葉集でしょうか」

私の言葉を耳に、主計さんは静かにこちらに目を向けた。

「万葉集やと萩の歌が一番多いからね。確か、全部で百四十二首やったかな」

「そんなに多いんですか？」

「意外やろ？　万葉の時代には人気やったんやて。今やと見た目が華やかな方が好まれる傾向にあるし、昔の人の感性は今とはちょっと違うんやろな」

例えば、と彼はひとつの和歌を諳《そらん》じる。

秋萩の咲き散る野辺《のへ》の夕露《ゆふつゆ》に濡れつつ来《き》ませ夜《よ》はふけぬとも

それは、愛する人を待ち続ける嫋《たお》やかな女性の恋心を詠んだものである。

秋露が置く夕映えの時。野に咲く萩を掻きわけて、私に会いに来てください。露があなたの衣を濡らしてしまうでしょう。周りは薄暗く、道もはっきりと見えないかもしれません。それでも会いに来てほしいのです。

そんな意味を示す。

遥か昔、和歌が大成した時代では男性が女性のもとを訪れる恋愛が一般的であった。いわゆる、妻問婚《つまどいこん》や通い婚と言われる類のものである。

「萩は露と合わせて詠まれることも多かってん。露の儚《はかな》さを萩の花に映してたんやろね。その儚さに美しさを見出《みいだ》して、女性に喩《たと》えることもあったらしいよ」

決して華やかではない小さな秋の花を背景に、愛しい人を思いながらひたすらに待つ健《けな》気《げ》な女性。その寂しさを重ねた情景に、きらきらと光る露の溢れ落ちる様が、儚さと恋心を照らし出す。

それが叶わぬ恋であると言わんばかりに。

「季節柄でしょうか。秋って、好きな人を待ち続けるような恋の歌が多いですよね」

私の言葉を聞いて、主計さんは柔らかく口元を綻ばせる。

「そうやね。花を見る感性は違ても、恋愛における心の揺れは今も昔も変わらへんってことなんやろな」

彼が言う通り、好まれる傾向こそは違っても、美しいものを見て美しいと思う心や、寂しい時に寂しいと思う感情の揺れは、きっとどの時代も大きくは変わらない。

だからこそ、遠い昔に綴られた物語が、詠われた和歌が、人の心に触れる文化のひとつとして今でも色濃く残っているのだろう。

それから先に続く本殿の前で手を合わせ、めいめいに祈りごとを唱えた私たちは、元来た道をなぞるように歩く。そのまま丸太町通へと抜けたところで、私はふと午前中の出来事を思い出した。

「さっきの和歌の話で思い出したんですけど、主計さんって上の句を聞いただけでも誰の歌なんか分かったりしますか？」

それは、美しい秋の着物に施された刺繍の和歌についてである。

不思議そうに大きな目を瞬《またた》かせながら、主計さんは静かに返答する。

「うん、和歌集にあるような有名なやつやったら多分ね」

彼の言葉に、私は続きの分からない上の句をゆっくりと告げる。すると、主計さんは即座に返答した。

「それなら、古今和歌集に収められてる紀友則《きのとものり》の歌やな。『露ながら折りてかざさむ菊の花老いせぬ秋の久しかるべく』っていう」

「それって、どういう意味なんですか？」

「露がついたままの菊を折って頭挿《かざし》にしよう。老いることなき秋が、久しく続くように。ってとこかな。菊の露が長寿をもたらすっていう中国の故事を用いて詠まれた歌やね」

その言葉は滞りなく紡がれる。

つまり、それは清《さや》かな秋を讃えると同時に、健やかな長寿を願う歌であるということなのだろう。菊に結ばれた露の瑞々しさが、老いという言葉によって引き立てられ、若さと生命力のある印象を与えてくれる。

まるで本のページを捲《めく》るように次々と引き出される彼の知識に、私は素直に感嘆の声を漏らしていた。

「やっぱり凄いですね、主計さんって歩く辞書みたいです」

「それは買い被りすぎやわ。そんなええもんとちゃうよ」

主計さんは面白いものでも耳にしたように、くすくすと笑いながら肩を揺らした。

それでも、彼の持つ豊かな知識は学問を追究したゆえの賜物なのだと思う。何かにおいて研鑽し続けることは決して易いことではない。特に勉学に励むことにおいては、明確な目的や目標がない限り、大半の人間にとっては苦しいことでもあるだろう。

きっと努力を惜しまない彼だからこそ、昔からある伝統だけに拘《こだわ》り続けるのではなく、新しいものをも取り込んだ、彼らしい呉服屋としての在り方を見つけることにも繋がったのではないだろうか。

そう告げると、主計さんは大きな栗色の目を瞬かせた。

そしてその驚きは次第に温かさへと変化する。

「ありがとう。そう思ってくれるひとがいるだけで、心から救われるよ」

そう、主計さんは涼やかに笑った。


地下鉄から路面電車に乗り継ぎ、ようやく到着した嵐山《あらしやま》駅で電車を降りると、山から注ぐ澄んだ空気が柔らかく頬を撫でた。

改札口のない駅のコンコースをゆっくりと抜けていくと、間もなく嵯峨嵐山の中心地を南北に貫く長辻通《ながつじどおり》へと出る。そこから人の流れは左手の渡月橋《とげつきょう》と右手の天龍寺《てんりゅうじ》の二方面に分かれ、私たちは爽やかな風に誘われるように左手の流れへと乗った。

午後一時を回った空は、朝に見た時よりもずっと淡い水色が広がっていて、薄い雲の隙間からは暖かい日差しが注いでいる。このまま晴れてくれるだろうか、と西の空を見上げた時、隣を歩いていた主計さんと視線が交わった。

彼は静かに口を開く。

「久しぶりにこっちに来たんやけど、たまにはこういう定番のところもええよね」

「はい、私も何年ぶりかなってくらいです」

嵯峨嵐山といえば、平安貴族が別荘地を構えたという京都でも有数の景勝地である。また、藤原定家《ふじわらのていか》が百人一首を選定したという小倉山《おぐらやま》でも知られ、周辺には百人一首に関連した歌碑を見つけることができるそうだ。

「ナラちゃん、どっか行きたいところある？」

その問いに、私は少しだけ思考を巡らせる。

取り分けて行きたいところがあるわけでもないが、見ておきたい場所にはいくつかの心当たりがあった。

「そうですね……時間があったら、渡月橋を渡りたいです」

芸のない回答ではあるが、滅多に足を運ぶことのない景勝地を訪れたのであれば、その自然美を望んでおきたい気持ちは少なからずある。私の返答を聞いた主計さんはにっこりとほほえんだ。

「ほな、お昼食べたらゆっくり散歩でもしよか」

そう言ってから、彼はまだらに覗く水色の空をふわりと見上げ、次には再び私の姿を栗色の瞳に映す。そしてその柔らかい表情のまま静かに前を見据えると、私を誘導するように次の目的地を示した。

大通りから続く路地に入ると、そこには旧邸宅を改装したという風雅なカフェがあった。門を潜った先に見える外壁は華やかな黒牡丹《くろぼたん》の画で彩られ、人の心を捉える確かな美しさを秘めている。また、内装は高級旅館のような静穏さを纏い、時間を忘れてしまうほどの居心地のよさを生み出していた。

静かな座敷席でゆったりと軽食と甘味を嗜《たしな》んだ私たちは、しばらくの間談笑を続けたあと、根の生えかけた重い腰を上げる。そしていつの間にか晴れた空の下に出ると、観光名所のひとつでもある渡月橋を目指して歩き始めた。

お昼時を過ぎたせいか、人通りは更に増える。

行き交う大勢の観光客の合間を縫いながら進み、ようやく緩やかに歩けるようになった場所で、主計さんは私に声をかけた。

「さっきのカフェ、静かでええところやったね」

顔を上げた瞬間、彼は柔らかく目を細める。

「はい。あのロールケーキ、いっぺん食べてみたいと思ってたんです」

それは、竹炭パウダーを練り込んだという黒いケーキ生地に、真っ白なクリームのコントラストが映えるシンプルなロールケーキである。もっちりとした黒い生地には特有のしゃりしゃりとした食感があって、それがほどよく甘いクリームと絡まり合う、素朴ながらも優しい味であった。

「そっか、それならよかった」

「雰囲気も良かったし、また機会があれば行きたいです」

「そうやね」

青に変わったばかりの信号を過ぎ、茶鼠色の橋をゆっくりと渡っていく。

目の前には、水色の空とそれを映す桂川《かつらがわ》のせせらぎが広がっていて、纏う空気をどこまでも青く見せている。

その澄んだ景色を背景に、澱《よど》むことを知らずに抜けていく水流音が涼しくて心地よい。それは街中の喧噪に差す鴨川《かもがわ》のせせらぎよりもずっと壮大で、疲れた心を洗い流してくれるようにも感じられた。

道路の反対側へと渡り、私は欄干から桂川の上流に視線を向ける。すると爽やかな風が吹いて、耳にかけていた髪がはらりと胸元に零れ落ちた。それを指先で掻き上げ、もう一度耳にかける。

直後、主計さんがこちらを見ていることに気が付いた。

「涼やかで、気持ちいいですね」

「……うん。なんか上手く言えへんけど、僕はナラちゃんとここに来られてよかったなって思うよ」

そう、何かを秘めるようにひっそりとした声で紡ぎながら、彼は桂川に視線を戻す。瞬く大きな栗色の瞳には、弾ける光とともに、どこか悲しい色が灯っているようにも見える。

「はい、私もよかったと思います。綺麗な景色を見てると、その時だけは嫌なことも不安なことも全部忘れられるような気がするんです」

そう返すと、彼はほんの少しの間を置いてから小さくほほえんだ。そして何かを思い出した様子でおもむろに口を開く。

「そういえば、さっきのカフェに襖絵《ふすまえ》があったの覚えてる？」

「襖絵、ですか？」

その質問に、私は先ほどまで目にしていたカフェの内装をぼんやりと思い返した。

確か柔らかい象牙色の襖紙には、綻ぶ大輪の白牡丹が描かれていたように思う。そしてその傍らには、牡丹と同じ白色のライオンが寝そべるように身を休めていたはずだ。

アクリルガッシュで彩られたその図柄を思い出した私は、はっとして視線を上げた。

「――牡丹と唐獅子《からじし》、ですか」

「うん、正解」

主計さんはまた、ふんわりとほほえんだ。

唐獅子とは私たちがよく知るライオンのことで、獅子図柄のルーツは正倉院裂《ぎれ》の樹下動物文に遡る。

当時、実物を知らぬ日本人は、獅子は架空の動物だと思っていたそうだ。それがアフリカ、西アジアから中国を経て日本へと伝わり、和風化される過程で極端に意匠化され、唐獅子と呼ばれるようになったのだという。

勇壮の象徴である百獣の王「獅子」に、百花の王と呼ばれる華やかな「牡丹」。そのふたつを合わせた「唐獅子牡丹」とは、縁起の良い取り合わせを表す文様のひとつである。しかし、その両者の関係性は想像よりも深く、麗しい図柄に秘められたメッセージは単なる縁起物では終わらない。そう、主計さんは告げる。

ならば、その意味は何であるのか。

「百獣の王って言われる獅子にもひとつだけ恐れるものがあってな、それが『獅子身中の虫』っていわれるもんやねん」

獅子身中の虫。それは獅子の体毛に寄生して増殖し、やがて肉を食らう害虫のことで、恩を仇《あだ》で返すことの喩えとしても使用される故事である。

「でも、その害虫は牡丹から滴る夜露に当たると死んでしまうねん。そやから、獅子にとっては牡丹の下が安住の地で、拠り所になる」

もしかすると唐獅子牡丹の描かれたあのカフェには、私たちにとっての拠り所となり得るような穏やかな場所でありたい、そんな願いがあるのかもしれない。

彼は栗色の髪を揺らしながら、私の瞳を覗き込む。

「ナラちゃんの心の拠り所はもう見つかってる？」

低く優しい声音で呟かれた言葉を聞いて、私はゆっくりと思考を巡らせた。

私にとっての心の拠り所とは、どこに在るのだろう。


ようやく陽が傾き始めた午後四時すぎ。周辺の観光と散策を楽しんでいた私たちは、夜の観月祭に向けて会場となる大覚寺《だいかくじ》を目指して歩き始めた。

長辻通から右に折れ、大覚寺門前の交差点を北側に進んでいくと、目的地である緑に囲まれた砂利道が姿を見せる。周辺を大勢の人が行き交っていて、その拝観入り口の傍らには「観月の夕べ」の開催を知らせる大きな立看板が設置されていた。

ふと視線を滑らせると、上品な淡い紫色の着物を召した女性が一人、俯きながら佇んでいることに気付く。艶やかな黒髪は着物に合わせて丁寧に纏められ、美人を印象づける清らかな雰囲気を纏っていた。

その華やかさに見惚《みと》れていると、隣で主計さんが小さく声を上げた。

「お知り合いですか？」

「うん、言うてた先輩の奥さんやで。演奏会に参加するっていう」

彼が声をかけると、女性は視線を上げる。そして、ふんわりと表情を和らげた。

「主計くん、久しぶりやね」

「お久しぶりです、栞那《かんな》さん」

そう、彼らは互いに名前を呼び合い挨拶を交わす。

「今日は来てくれてありがとう。こちらは主計くんの彼女さん?」

彼女は私へと視線を移し、然《さ》も当たり前のように問いかける。

それを私が否定してもいいものかと困っていると、主計さんは僅かに目を細めてから静かに口を開いた。

「残念ながらちゃうんです。僕にも、こんな可愛い彼女がおったらいいんですけどね」

その台詞《せりふ》とともに私を一瞥した彼は、すぐに栞那さんへと視線を戻し、もう一度柔らか
い笑みを湛《たた》える。

嫌みのない声色で呟かれる言葉は、単なる社交辞令のひとつに過ぎないのだろう。それ
なのに、核心をぼかすような曖昧な台詞のせいで、私は妙な心の乱れを感じていた。

主計さんの返答に、彼女はくすりと笑う。

「主計くんやったら、可愛い彼女くらいすぐできるやろけどね」

「そう上手くいかへんのが現実なんですよね。ちなみに、この子は壱弥兄さんとこの助手
さんですよ」

それを聞いて、納得するように栞那さんは小さく両掌《てのひら》を打ち合わせた。

「なるほどね。助手さんがおるってことは春瀬さんにも伺ってたんやけど、こんな若い子やとは思わへんかったわ」

そう言って、彼女は好奇心に溢れた瞳で私をじっくりと撫でていく。向けられた視線が何かを探るように感じられ、私は落ち着かない心地を抱きながらも自身の名を告げた。

それに返答する形で彼女は楠木《くすのき》栞那と名乗る。

話によると、栞那さんは箏奏者として活動する傍らで、普段は教室を開き指導を行っている先生でもあるそうだ。一見して、壱弥さんとの繋がりなどまったくないように思えるが、その疑問はすぐに解かれていく。

「実は先月、主計くんに春瀬さんのこと紹介してもらってね。明日の午前中に、約束してるんです」

それがどんな内容の相談なのかは分からないが、きっと壱弥さんは今頃、その依頼に備えて様々な準備をしているのだろう。だとすると、私たちとともに外出をしている暇がないことは明白である。

そう考えたところで、私はある事実に気付く。

「……もちろん主計さんも、このことはご存じなんですよね」

彼は私を見下ろしながら口元を緩ませる。

「相談内容までは知らんけどね」

髪と同じ栗色の瞳が、かすかに鮮やかさを増したような気がした。

もしかすると壱弥さんの言う通り、彼は少し意地悪な人なのかもしれない。その心を悟ってか、小さな笑みを私に送ったあと、主計さんは栞那さんに問いかける。

「今日は望《のぞむ》さんも来られるんですか？」

その言葉を聞いた直後、栞那さんはあからさまに表情を曇らせた。そして目を伏せながら、声の調子を落とす。

「ほんまは来るって言うてたんやけど、さっきお義父《とう》さんに呼び出されてしもたって連絡があってな……」

望さんとは彼の大学時代の先輩で、栞那さんの夫にあたる人物である。

残念ですね、と主計さんが告げると、栞那さんは小さく首を横にふった。

「でも、仕方ないとは思ってるんやで。彼も芸術家の端くれやし、仕事で忙しいってことは順調やってことでもあるやろ」

紡ぐ言葉に反し、その声音には明白な悲しみが含まれている。主計さんが相槌を打つように頷くと、栞那さんは我に返った様子で苦笑を零した。

「ほな、そろそろ戻らなあかんし行くね。ナラちゃん、明日はよろしくお願いします。主計くんもまた」

どこか翳《かげ》りを抱えたまま離れていく和服の後ろ姿を見送ったあと、私たちは二隻の舟が浮かべられた大沢池《おおさわのいけ》に向かって、ゆっくりと砂利道を歩き始めた。

○

頭上に広がる空模様と同じ、なんとなく晴れきらない心を抱えながら、私は探偵事務所の扉を静かに開いた。

清潔感のある事務所のデスクには、秋らしいカーキ色のスーツに深いブラウンのネクタイを締めた壱弥さんが座っている。

私の訪問に気が付いていないのだろうか。彼の視線は目の前のモニターを真っ直ぐに捉えたまま少しも動かない。そう思ったものの、次には口元に添えられていたしなやかな指が動き、琥珀色の瞳が滑るように私を捉えた。

「なんや、部屋ならまだあんまり散らかってへんで」

いつもと変わらない緩い調子に、私は安堵の息を漏らす。同時に、然も当たり前のように発された文言を聞いて、思わず声を上げた。

「えっ、まさか片付けしたん」

そう尋ねると、壱弥さんはゆっくりと首を縦にふった。あまりの衝撃に声を失っていると、彼は大きな欠伸を零しながら続けていく。

「まぁ、俺じゃなくて兄貴がな」

その言葉を聞いて、ようやく事の絡繰《からく》りを理解した。

「……うん、ですよね。壱弥さんがまさか、ね」

「当たり前や。掃除なんか俺にできるわけないやろ」

恐らく、そこは威張るところではない。

彼には貴壱《きいち》さんという三つ年上の兄がいて、それがものすごく出来た人であり、弟である壱弥さんの面倒を見ていると言っても過言ではない。聞くところによると、医師として勤務する多忙の身でありながら、週末や夜間を中心に事務所を訪問し、手際よく弟の世話を焼いているらしい。

貴壱さんといえば、あまり感情を表に出さない性質からクールな印象を受けるものの、その中身は驚くほど温厚で、料理や掃除などもそつなくこなし、おまけに二人の子供を持つ愛妻家という本当に非の打ちどころのない人物である。それに加え、壱弥さんともよく似た端整な顔立ちをしているのだから、彼に憧れを抱いてしまうのも無理のない話だろう。

滑らかにキーボードを叩く壱弥さんを横目に、私は応接用のソファーへと腰を下ろす。

すると、彼は少しだけ顔をしかめた。

「悪いんやけど、このあと仕事で人が来んねん」

「はい。それって、主計さんのご紹介の依頼なんですよね」

確認するように告げると、彼は怪訝な表情で口を開く。

「……そやけど、俺おまえに言うたっけ」

「いえ。昨日、主計さんの知り合いの人が参加してる演奏会に行くって話したと思うんですけど」

その演奏会に出演していた人が本日の依頼者であり、彼女から約束のことを直接伺ったのだ。そう伝えると、壱弥さんは納得した様子で小さく相槌を打った。

壱弥さんはキーボードを叩く手を止める。そしてオフィスチェアから立ち上がると、私の背後を颯爽と通り過ぎ、応接用の机に伏せられていた数枚の書類を手に取った。

掻き回される室内の空気に乗って、いつもと同じ花のような優しい香りが届く。

「そういえば、昨日は楽しかったか」

「はい。観光してる気分になれて楽しかったです」

「そうか、雨降らんくてよかったな」

そう、壱弥さんは抑揚のない低い声で呟くと、書類の角を揃え、透明のファイルとともにそれを硝子机の下のスペースに仕舞った。

直後、傍らの鞄の中でスマートフォンが小さな音を立てて振動する。取り出した端末の画面を点灯させると、無意識に私の手元を見下ろした壱弥さんが、不思議そうな顔で画面を指差した。

「……おまえそれ、前よりひどくなってへんか」

その指が示す先には、ひび割れたスマートフォンの画面がある。

真夏に縁のあった古書を巡る依頼の中で、彼との通話の最中にスマートフォンを落としてしまったことがあった。その時に入った亀裂が、周囲を蝕《むしば》むように広がってしまっている。

「そうですか？　こんなもんやったと思うけど」

「はよ買い替えや。危ないし」

とは言うものの、実際にはひび割れた画面が時々軋《きし》んだ音を立てる程度で、操作上の大きな問題はない。それに、割れてしまっているのは画面の端の一部だけで、視認性を低下させるほどのものでもなく、買い替える必要に迫られていないというのもまた事実であった。

彼はその不穏な画面を見つめながら、おもむろに口を開く。

「ってか、主計からメッセージ来てるで」

その指摘に、私は差し出していたスマートフォンを引っ込めた。思えば、事務所に入る少し前に、彼からのメッセージに返事を送信したところであったのだ。

「ほんまや」

私の姿を横目に、壱弥さんは緩んだネクタイを整えながら向かい側の席に着いた。

メッセージを知らせるアイコンを、右手の指でタップする。

「……ナラ、主計のことは好きか？」

パキリ、と触れた指先の下で、ひび割れた画面が不快な音を立てた。

ゆっくりと顔を上げ、彼に視線を送る。

「趣味とか、気は合うやろ。おまえのこと気にかけてくれてるみたいやし、ちょっと可愛げはないけど、主計やったら信用できるから」

どうして、突然そんな話をするのだろうか。その意図を理解できないまま、私は凍り付いた唇を解くようにゆっくりと動かしていく。

「――私は」

声を発すると同時に、それを遮るように事務所のインターホンが鳴った。

壱弥さんは深く息を吐き、静かに立ち上がる。

「来たみたいやな」

開いた入り口の先には、落ち着いた藍色のワンピースを召した栞那さんの姿があった。

甘いモンブランケーキに、温かいアッサムの完璧なマリアージュを前に、壱弥さんは机の下にしまっていた書類を手に取り、静かに机上へと滑り込ませた。

妙な緊張感に包まれた空間で、カップから立ち昇る湯気がゆらりと揺れる。

「こちらが契約書です。書類の説明は後ほど改めていたします」

広がる静寂を切るように柔らかい口調で告げると、彼は黒い革張りの手帳を開き、瑠璃色の万年筆を左手に携える。すると、栞那さんは憂いのある黒い目を伏せてから、次には真っ直ぐに壱弥さんを見据えた。

そしてゆっくりと口を開く。

いわく、今回の依頼は彼女の夫・楠木望の浮気調査である。

望さんは彼女よりも五歳年下の夫で、彼が大学を卒業してから間もない頃に仕事を通して出会い、約二年前に結婚に至ったそうだ。

今年で二十八歳になる望さんは、中学から大学までを通して主計さんの先輩にあたり、その縁から栞那さんもまた主計さんとはよく知れた間柄であるという。

有名な書家の息子として生まれた望さんは、幼少の頃より書道を学び、並の人よりも恵まれた環境下でその技術を磨き続けた。そして大学在学中に書家としての本格的な活動を始め、今では正統派書家として作品を制作するだけではなく、依頼を受けて揮毫《きごう》するデザイン書家としても活躍している。

また、京都を拠点に活動してはいるものの、近年はメディア関係の仕事も増えたことにより、関東へ出張する機会も多くなっているそうだ。

彼女の話を聞きながら時折手帳に何かを書き記していた壱弥さんが、ふと思い立った様子で言葉を挟む。

「もしかして、ご主人は楠木大成《たいせい》先生のご子息ですか？」

その言葉に、彼女は柔らかくほほえんだ。

「はい、春瀬さんも義父《ちち》のことをご存じなんですね」

少し嬉しそうに栞那さんが返すと、壱弥さんは明るい声で続けていく。

「えぇ、大河ドラマの題字を書かれた有名な先生ですよね」

「そうなんです。まぁ、ちょっと気難しい人ではあるんですけど」

その説明を聞いて、私はようやくその人物がどれだけ有名であるのかを理解した。

つまり、名のある能書家の父に師事した望さんもまた、世間の期待に応えるようにその名声を高めつつあるということなのだろう。また、童顔とも言える彼の優しい容貌も相まって、若い世代の間でも急激に認知度が上がっているそうだ。

栞那さんはゆっくりと息を吐く。

「……私が夫に疑念を抱き始めたのは、半年ほど前からです」

書家としての活動が軌道に乗り始めた頃から、その多忙さに反比例するように夫婦の時間が目に見えて減っていったそうだ。それは当然とも言えることではあるが、その頃から私用による外出が目立つようになったという。

彼女が疑念を抱いたのはそれだけが理由ではない。

「仕事がない日に、彼が若い女性と楽しそうに食事をしてるところを何度か見かけたことがあるんです」

話を聞く限り、その女性が仕事の関係者である可能性も否定はできない。むしろそう考えた方が自然であって、たったそれだけの出来事で彼の浮気を疑うなんてあり得ないことなのかもしれない。

きっと彼に尋ねれば、ただの仕事の打ち合わせだと笑って教えてくれるのだろう。

それでも、その女性と接する夫の姿は、年上である自分と接する時のそれよりも瑞々しく、生気に溢れた表情をしているように見えた。そこから彼女は疑心暗鬼に陥り、些細な夫の言動が気になるようになってしまったそうだ。

ゆえに、一度調査を依頼し、浮気ではないことを確認して安心感を得たい。それが今回の依頼に至った経緯であった。

「それに、最近はよく予定を変更したり、私との約束をキャンセルしたりすることも多いんです。冬に開催する個展の準備で忙しいのは間違いないみたいなんですけど、急な仕事が入ったとか、打ち合わせがどうとかばっかりで。一度疑ってしまうと嫌なことばっかり想像してしまって……」

栞那さんは視線を手元に落とし、溜息とともに言葉の末尾を濁す。

「昨日も、私の演奏会に来てくれるって言うてたのに、その予定すらもキャンセルしたんですよ。個展のことで急に義父に呼び出されたみたいですけど、身内の予定くらい調整してくれたらよかったのに」

　彼女の表情は見るからに陰り、昨日の出来事を悲しんでいるようだった。

　壱弥さんは手にしていた万年筆を手帳のそばに置く。そして何かを考え込むような訝しい表情のまま口を開いた。

「休日はどのような理由で外出されることが多いんですか？」

「最近は休日も仕事をしてることの方が多いかもしれません。多分、どこか広い場所を借りて作品の制作をしてるんやと思います。仕事やなかったら、ほとんど友人と息抜きに出かける約束をしてたり、喫茶店で書き物をしたりしてるみたいです」

　その証言に信憑性はあるのかと尋ねると、彼女はゆっくりと首肯した。

　友人との約束はそのほとんどが食事をするのみの短時間で、とりわけ怪しい行動も見当たらない。また、時々大和路《やまとじ》呉服店に顔を出していることもあるらしく、そのことは主計さんからも直接話を聞いているそうだ。

　ただ、その表情が晴れない理由は、先のことだけではない。

「しょうもないことなんですけど、もうひとつだけ気になることがあって」

　そう小さな声で呟いたあと、彼女は鞄から数枚の紙を取り出すと、いまだに手を付けていないケーキ皿を避《よ》けて私たちの目の前にその紙を置いた。

それは美しい水色が映える雲紙の短冊であった。

一度くしゃくしゃに丸められたような皺が刻まれた短冊には、くっきりとした色の墨で滑らかな草書体の字が記されている。筆跡は弦のように凛と張りつめ、細部に渡って安定した美しさがある。そんな印象を受ける。

壱弥さんは断りを入れてからそれを手に取った。

「これはご主人の手蹟《しゅせき》ですか？」

小さく頷いてから、読めない流麗な文字と睨み合う私たちに向かって、彼女はその文字を声でなぞる。


命やは何ぞは露のあだものを逢ふにしかへば惜しからなくに

「そう、書いてあります」

唱えられた和歌を聞いて、壱弥さんは難しい顔を見せた。栞那さんは淡々と言葉を続けていく。

命、それがなんだというのだ。露のように儚いものではないか。逢うことに代えるのなら、惜しくはないのに。

それは、愛しい人に逢いたいと嘆く恋の歌である。

「これがどういう経緯で書かれたもんなんかは分かりません。でも、それと一緒に書斎からこんな端書きも見つけて」

短冊に添えられていたメモ用紙に目を向けると、そこには短冊よりもずっと読みやすい楷書にも近い文字が書かれていた。表には「秋の歌と恋の歌、友」その裏には「六月二十九日、夕」と記され、それぞれ「友」と「夕」の文字がくるりと丸印で囲まれている。

夕という文字は夕方頃の時刻を表すものであると容易に想像できるが、友の文字がどのような意味をなしているのかはすぐには分からない。

はっとして、壱弥さんは顔を上げる。

「この日付に何か心当たりがおありなんですね」

「……はい。その日の夕方に若い女性と喫茶店で話してるところを見かけたんです。そやから、その短冊は女性に渡す恋文みたいなもんやったんかなって思ってしもて」

悲しみの色に満ちた瞳で短冊を見つめ、彼女は膝の上で強く拳を握る。その感情を隠すようにゆっくりと息を吐いてから手を解き、冷めかけの紅茶が入ったカップを口へと運んだ。

「事情は分かりました。ご説明いただきありがとうございます」

壱弥さんの低い声が室内に響く。

私は隣に座る彼の横顔へと目を向けた。

依頼者と言葉を交わす際、探偵は優れた洞察力で依頼者の言動を観察し、その言葉の真偽を見極めるという。以前に彼から直接教わったことではあるが、嘘をつく人間にはいくらかの特徴が存在するそうだ。

そうした相手の言動や声の調子、目の動きから嘘を見抜き、最終的に依頼を受けるか否かの判断をする。

私の視線に気が付いたのか、壱弥さんはこちらを一瞥すると僅かに口角を上げた。そして傍らに置かれたままの契約書を拾い上げ、改めて栞那さんの前に広げていく。

それは、契約を結ぶという意思表示だった。

○

蒸し暑い夏と涼しい秋の空気がぶつかり合い形成された秋霖《しゅうりん》前線の影響によって、ぐずついた天気が続く休日の朝。

本日の天気は終日曇りの予報ではあるが、時折見せる日差しのせいで気温は緩やかに上昇し、夏が再び訪れたようなじめじめとした暑さが舞い戻っていた。

少しばかり早めの昼食を終えた私たちは、京阪電車七条《しちじょう》駅を目指して事務所を発《た》った。

交わした契約によると、本日は望さんの行動調査を行うことになっているそうだ。まずは正午から午後五時までの五時間。その後、栞那さんへの結果報告を行い、調査が不十分だと判断された場合にのみ追加調査を検討する契約内容である。

尾行調査であるせいか、壱弥さんはいつもの洒落《しゃれ》たスーツ姿ではなく、周囲にも馴染みやすいカジュアルな軽装であった。

東山駅へと続く地下階段を下りながら、私は問いかける。

「そういえば、浮気調査ってどんなことをするんですか？」

ほんの一瞬だけ周囲を見回すように視線を移動させた彼は、一呼吸を置いてから口を開いた。

「基本は調査対象の尾行と張り込みやな。今日は午後から出かけるらしいから、その行動を監視して、目ぼしいことがあれば写真を撮って証拠にするってところやな」

そしてその浮気現場の証拠写真を栞那さんへ提出し、これで依頼は完遂となるという。

実に単純な返答であった。

しかし、浮気調査の難しい点は調査対象が白であった場合にある。

その場合、どれだけ調査対象が迂闊であろうが、探偵が有能であろうが、決定的な証拠は出てこないものである。また、白黒の判断は非常に難しく、得た結果で依頼者を納得させるのは骨の折れる仕事なのだと彼は愚痴を零すように告げた。

一見して潔白なのであれば、喜ばしいことだと感じられるかもしれない。しかし、事件のように真犯人が存在するわけでもないため、依頼者には疑念が残ることが多い。

　つまり、探偵からすると「白を証明した成功」であったとしても、依頼者にとっては「黒を証明できなかった失敗」と感じてしまうのだろう。

「ほんまは、浮気調査は好きちゃうんやけどな……」

　壱弥さんは視線を足元に落とし、言い淀む。

　続く言葉を待ってはみたものの、彼はそれ以上の言葉を発しないまま、静かに前を見据えた。


　楠木家は、鴨川よりも西側の五条と七条の中間辺りにあった。

　古い家屋が並ぶ住宅街の一角に建つ比較的新しい一軒家で、和の景観を乱さない日本家屋は、京都という街に住まう彼らの趣向を主張するようでもあった。

　入り口から離れた人目に触れない場所で、望さんの外出を静かに待つ。そして、正午を十五分ほど過ぎた頃、ようやく一人の男性が姿を見せた。

　耳の高さで短めに切り揃えられた自然な黒髪に、優しい面立ちをした男性は、玄関扉の向こう側に笑顔を向ける。その柔らかい表情は、彼が温和な性格であることを即座に印象付け、同時に周囲への警戒心は少しも抱いていないことを示していた。

　彼は栞那さんといくらかの言葉を交わしたあと、自宅の門扉を抜けて住宅街から七条《しちじょう》通《どお》りに向かって進んでいく。その姿を確認した私たちは、なんとか彼を識別できる程度の距離を保ちながら、静かにその背中を追いかけた。

七条通を東へゆったりと歩きながら、望さんは大和大路七条《やまとおおじしちじょう》の交差点の手前にある和菓子屋の前で足を止めた。

青々と茂る松の木が町屋の庭先に聳《そび》え、入り口にかかる暖簾《のれん》を控えめに見せている。京菓匠と染められた暖簾の隣には、木枠のウインドウディスプレイがあって、そこには秋の景色を映しとったような華やかな和菓子がいくつも陳列されていた。

この店の秋の名物と言えば、九月初旬から販売される「和《やわらぎ》モンブラン」と呼ばれる銘菓で、壱弥さんのお気に入りでもあるそうだ。

刻んだ栗をたっぷりと練り込んだ栗羊羹を土台に、上層は艶やかなマロングラッセをちりばめた上品な甘さの栗きんとんで、その名の通り和と洋を見事に調和させた栗尽くしの逸品である。

羨ましいと嘆く壱弥さんに見せつけるかのように、何も知らない望さんは躊躇《ためら》いなく店内に足を踏み入れる。

そのまま店の前で佇むには目立ってしまうため、私たちは交差点を渡り、更に道路を挟んだ向かい側にある三十三間堂《さんじゅうさんげんどう》の前で観光客に紛れながら、望さんが店から出てくるのを待った。

彼は変わらず和モンブランに思いを馳せながら、遠くの和菓子屋をぼんやりと眺めている。その表情がどこか不満げで、大好物を目の前にして待たされる子供のようだと思った時、私はあることに気が付いた。

「今日の調査って、望さんが帰宅するまでなんですよね？」

「あぁ、そやけど」

隣で溜息を零す壱弥さんに、私は小声で尋ねかける。すると、すぐに私の言いたいことの意味を理解したのか、彼は大きな瞳を輝かせた。

「そうか、帰りに買えばええんか」

「また戻ってきますからね。私も食べたいですし、調査が終わったら一緒に買って帰りましょう」

「分かった、約束な」

そう、彼は嬉しそうに言った。

それから間もなく、買い物を終えた望さんが再び姿を見せた。その手にはしっかりとお店の紙袋が握られていて、そのまま東側の交差点へと向かっていく。

私は壱弥さんの横顔を一瞥し、交わしたばかりの約束を静かに胸にしまったあと、その後ろ姿を見失わないようにと急ぎ足で追いかけた。

七条通から東大路通《ひがしおおじどおり》へと曲がり、二十分ほどかけて辿り着いたのは、過去に何度か訪れたことのある場所であった。

道路の端から伸びる電柱に掲げられた案内標識には、青い文字で五条坂と大きく記されている。その坂道をゆっくりと上り進め、清水道《きよみずみち》へと交わる直前まで来たところで、予想していた通り、彼は高級感のある黒塗りの呉服屋へと足を踏み入れた。

店先にあるウインドウディスプレイには、銀杏《いちょう》の葉を連想させる琥珀色の振袖が、華やかな金糸の袋帯とともに飾られている。屋根の下から垂れる布幕には「きもの」と書かれた墨色の文字が大きく掲げられていて、そこが着物とは縁のない人間が気軽に立ち入るような場所ではないことを示していた。

硝子扉越しに監視するために、私たちは少し離れた広場にある木陰のベンチに座る。かろうじて見える店内を窺《うかが》うと、落ち着いた色味の着物を纏った主計さんがいて、そのすぐ目の前には楽しげに話す望さんの横顔が見えた。

それからどれくらいの時間が経過したのだろう。

親しげに言葉を交わしながら反物を選んでいたはずの二人は、気が付くと座敷へと腰を下ろし、望さんが持参した和菓子とともに温かいお茶を嗜み始めている。

対象の行動を探るだけのシンプルなこの調査は、とても事件を解決するような華やかな探偵像を映すものではない。ましてや、浮気調査というものは壱弥さんが掲げる「失くしたものを見つける」という趣旨とも大きくかけ離れた依頼である。

それなのに何故、彼はこの依頼を快諾したのだろうか。それが私には分からない。探偵業としては珍しくない種類の調査であるゆえに、断る理由がなかったというだけなのかもしれない。それでも、人としての醜い欲望に触れる浮気調査は、決して心地のよいものではないというのが事実であった。

私は隣に座る壱弥さんへと目を向ける。彼はぼんやりと空を眺めながら、何か考え事をしているようであった。

それからしばらくして、壱弥さんは静寂を切るように口を開く。

「望さんが呉服屋を出たら、二手に分かれようと思う」

「二手って、望さんの尾行と、もうひとつは?」

そう尋ねると、壱弥さんはこちらに視線を向けた。

「主計に直接話を聞くねん。彼がどんな人物か知ってる主計なら、あの短冊の意味も分かるかもしれへんし」

言葉とともに懐から取り出した写真には、栞那さんが持参した短冊が収められ、そこには望さんの優美な手蹟でひとつの和歌が記されているのが見える。

その短冊と和歌の意図を、古典文学が得意な主計さんであれば測ることができるかもしれない。そう彼は主張しているのだ。

「でも、主計さんは今回の依頼内容までは知らんって言うてはったけど」

それなのに、短冊の話をするのは守秘義務違反にならないだろうか。そう告げると、壱弥さんは大きく目を見張った。

「は？　あいつの紹介で受けた依頼やのに？」

「はい、一昨日の時点ではそう言ってました」

そして眉間に皺を寄せ、口先を尖らせる。

「それなら質問の切り口はナラに任せるわ。俺は望さんの尾行を続けるから」

「えっ、ちょっと待って。仕事の投げ方、雑すぎちゃいますか」

「言うても相手は主計やし、尾行調査は俺の方が慣れてるやろ」

「それはそうやけど……」

困る私を横目に、彼はにんまりといたずらに笑った。その表情を見ると妙な憎らしさを覚えるが、それでも壱弥さんの言う通り、尾行をするのであれば経験値のある彼の方が適任ではある。

そして単独の聞き込み調査とは言っても、相手は主計さんなのだ。ある程度の事情を知る彼であれば、調査の難易度は格段に下がる。

「分かりました。やれるだけやってみます」

私は自分に言い聞かせるように大きく頷き、壱弥さんの提案を受け入れることにした。

それから呉服屋の座敷で寛いでいた二人に動きを認めたのは、望さんが入店してから約一時間後のことであった。ようやく立ち上がった望さんは、柔らかい笑顔で主計さんと会釈を交わし、呉服屋を後にする。

その姿を見据えながら、壱弥さんもまたゆっくりと立ち上がった。

「ほな、主計との話が終わったら俺に電話して。そのあとは状況を見て指示するから」

念を押すように先の行動を確認した壱弥さんは、涼しげなジャケットを翻しながら木陰を抜ける。そして清水道へと向かう望さんの背中を追いかけながら、そのまま風のようにふわりと姿を消した。

嵐が過ぎたあとのように、静寂と同時に心細さが押し寄せる。しかし、迷っている暇はないのだと、私は重い足取りで呉服屋へと向かった。

硝子越しに覗いた店内には、反物をひとつずつ両手の指先で転がしながら巻き上げる主計さんの姿があった。そのしなやかな指先の動きに見惚れながら、私は吸い込まれるように呉服屋の入り口を潜る。

直後、店内に響く柔らかい背景音楽が耳へと流れ込んだ。

「おこしやす」

客人を迎える言葉とともに、主計さんは振り返る。そして私の姿を捉えると、少しばかり驚いた様子で目を瞬かせた。

「あれ、ナラちゃん？」

めてくれたのだろう。

「ううん、いらっしゃい。ちょっと待ってな」

そう両手に抱えていた反物を手早く棚にしまうと、彼は着物の袂《たもと》を直しながらゆっくりとこちらへ歩み寄る。まだいくつか座敷に残されたままのものもあったが、作業の手を止めてくれたのだろう。

柔らかく目を細める彼に向かって、私は小さく頭を下げた。

「先日はありがとうございました。色んなお話を聞かせてもらえて楽しかったです」

「こちらこそ。僕もナラちゃんと話せて楽しかったよ」

その低く通る声は、流れる背景音楽と同じように心地よく耳に残る。合わせて、焚きしめた香のような優しい匂いがふわりと香った。

彼が纏う着物は、彩度を落とす秋の景色のように落ち着いた色味であった。薄鼠色の着物に重ねられた深い青磁色の羽織が調和しているだけでなく、漆黒の半衿が首元を引き締め、どこか大人の色気を感じさせる。

「そんで、今日は一人でどうしたん？」

「主計さんにお伺いしたいことがあるんです。でも、壱弥さんの仕事に関係することやし、どうやって切り出したらええんか分からへんくて……」

歯切れの悪い私の台詞を聞いて、主計さんは何かを悟った様子で頷いた。そして先ほどまで反物を広げていた座敷を手で示しながら、そこに座るようにと私を静かに誘導する。

「それって、守秘義務があるから困ってるってことやんな」

私はゆっくりと首を縦にふった。

「それなら、依頼のことは栞那さんから聞いたから大丈夫やで。浮気調査やってね。ナラちゃんが聞きたいのって、望さんのことやろ？」

「よかった、知ってはったんですね」

的確に言い当てる彼の言葉に驚きながらも、私は安堵の息をつく。

その様子に小さく肩を揺らしたあと、主計さんは滑らかな動作で着物の裾を払い、私の隣に腰を落とした。

「知ってることがあったら教えてほしいって栞那さんにも言われてるし、僕が答えられる範囲でよければ、なんでも聞いてくれてええよ」

その温かい言葉に、少しだけ救われたような気がした。同時に、主計さんの人の好《よ》さにはいつも心から驚かされる。

壱弥さんは彼のことを可愛げがないだとか、腹黒いだとか揶揄《やゆ》することも多い。それでも、根底から染み出るような穏やかさは、彼の人品のよさを印象づけるにはじゅうぶんすぎるものであった。

彼の優しさに甘えながら、私はゆっくりと問いかける。

「主計さんから見て、望さんは浮気をされるような方やと思いますか？」

「まさか。僕は絶対ないと思うわ」

彼は冗談を笑い飛ばすように表情を緩ませる。

「浮気するどころか、うち来る度に惚気話《のろけ》聞かせてくるくらいやで。それに、望さんにとって結婚はやっと叶ったもんやし、浮気なんて絶対にあり得へんと思うよ」

その言葉はとても真っ直ぐで、少しの揺らぎもない。

主計さんの話によると、二人が結婚に至ったのは、望さんから強いアプローチをかけ続けた結果であるそうだ。対照的に栞那さんはその年齢差からもかなり消極的で、望さんの想いはひとときの気の迷いなのではないかと疑っていたという。しかし、長い時間をかけて望さんが何度も想いを伝え続けたことにより、栞那さんはその気持ちを受け入れ、ようやく二人は結ばれたそうだ。

ゆえに、望さんにとって今の生活はようやく手に入れることができた幸せであって、彼が自らそれを手放すなんてあり得ない。主計さんはそう主張する。

話を聞く限り、望さんが軽々しく浮気をするなどとは到底思えないものであった。

主計さんの証言を手帳に書き留めると、私は顔を上げる。

「あともうひとつ、主計さんに見ていただきたいものがあるんです」

ゆっくりと頷く主計さんに、私は手帳に挟んでいた写真を差し出した。

写真に手を添えながら、主計さんは短冊をじっくりと覗き込む。

「綺麗な雲紙の短冊やね。手蹟は望さんのもので間違いないかな」

「和歌の内容からして、この短冊は浮気相手に贈る恋文やったんとちゃうかって、栞那さんが言うてはったんですけど」

そう告げると、彼は僅かに眉をひそめた。

「うーん……その可能性は低いと思うけどな」

「え、なんでですか？」

あっさりと否定されるその推理に、私は言葉を返す。

「ナラちゃんも知ってるとは思うけど、短冊は和歌や俳句を書き留めるためのメモ用紙みたいなもんやで。基本的には和歌を贈る時に使うもんとちゃう。もしほんまに女性に贈るんやとしたら、『短冊』と違《ちご》て『文』やろ」

ゆえに、その短冊ひとつだけで浮気の可能性を指摘するのは困難であると主計さんは告げる。その指摘を受けて、自分が初歩的な誤りを見落としていたことにようやく気が付いた。

だとすれば、この短冊は何のために書かれたものなのだろう。

再度、その疑問を彼に投げかける。

「もしかしたら望さんの仕事に関係するものかもしれへんけど、和歌を短冊に書き取る仕事なんてないやろし。何のために書いたものかまでは分からへんわ」

ごめんね、と彼は申し訳なさそうに眉尻を下げ、いくらか声の調子を落とす。その返答に私は首を横にふった。

「いえ、じゅうぶんすぎるくらいです。ありがとうございます」

そう言って立ち上がると、主計さんは私を呼び止める。

「ナラちゃんが嫌やなかったら、またどっか出かけるの誘ってもええかな」

彼にしては珍しくどこか躊躇うような声だった。

「はい、次は壱弥さんも一緒に来られるといいですね」

そう返すと、主計さんは「そうやね」と、目元を細めた。


通話を終えてから、私は賑やかな声が飛び交う産寧坂《さんねいざか》を急ぎ足で歩いていた。

電話口で壱弥さんから「可及的速やかに来い」と急かされ、何かトラブルでも発生したのではないかと懸念する。

それは壱弥さん自身に関することか、はたまた望さんに関することか。とはいえ、彼のことなのだ。深刻なトラブルがあったとしても、即座に私を頼るとは思えない。

観光客の群れを掻き分け、ようやく彼が待機をしているという八坂通《やさかどおり》へと辿り着く。

八坂通は法観寺《ほうかんじ》という禅寺への参詣道で、灰色に滲む曇天の下では八坂の塔が行き交う人々を見下ろすように堂々と聳えている。そこから真っ直ぐ西に向かって延びる坂道を下り始めた時、寺院の入り口のそばで佇む男性の姿を見て私ははっとした。

その長身と癖のない黒髪、すっきりとした横顔は紛れもなく壱弥さんである。しかし、目の前には二人組の若い女の子の姿があって、壱弥さんはスマートフォンを片手に彼女たちと言葉を交わしているようであった。

その少し気だるげな佇まいや仕草はいつもと変わらない。それでも、時折見せる柔らかい笑顔や困ったような表情が、どうしてか胸をざわつかせる。

きっと、どこにいても一際目立つ整った容貌の彼であれば、街中で女の子に声をかけられることも珍しいことではないはずだ。そのためか派手な見た目の友人も多く、そんな姿を見ていると、私とは住む世界が異なる縁遠い人なのかもしれないとさえ思えてくる。

波立つ心を隠しながら、私はできるだけ静かに声をかける。直後、私の存在に気付いた彼の表情がほんの少しだけ明るくなったように見えた。

「遅かったな」

彼は手にしていたスマートフォンをポケットへと仕舞う。そして、先ほどまで話をしていた女の子たちに向かって優しく手を振った。

「ほな、またどっかで。声かけてくれておおきに」

彼の笑顔に魅せられて、彼女たちはそれぞれに小さな悲鳴を上げる。

そんな女の子たちの声にも気を留めないまま、壱弥さんは私を連れてゆっくりとなだらかな坂道を下った。

「もしかして、私を急かしたのって、さっきの子たちから逃げるためですか？」

「いや、別にああいうの迷惑やなんて思ってへんし、むしろ俺みたいなんに声かけてくれるってだけでありがたい話やろ」

壱弥さんは柔らかい口調で呟く。

「……なんか、壱弥さんが若い子にモテる理由が分かった気がします」

かける言葉のひとつひとつが甘すぎず辛すぎず、優しさとそっけなさのバランスが絶妙な塩梅なのだ。それが若い女の子にとっては、優しいだけではない大人の余裕を感じさせるものなのだろう。

「俺、そんなモテへんで」

私の言葉に、壱弥さんはよく分からないといった様子で眉をひそめる。しかし、次にはふっと緩められる表情に、彼が私よりも随分と大人であるということを改めて突きつけられたような気がした。

それから八坂通の途中の路地を左へと折れ、彼が指し示したのは星野町《ほしのちょう》にある洒落たコーヒースタンドであった。純白の装いと全面硝子張りの入り口が人目を引き、近付くだけで芳しい香りが漂ってくる。

「望さんはここにいるんですか?」

そう尋ねると、彼は即座に首肯する。

「それで悪いんやけど、望さんの尾行調査おまえに引き継いでほしいねん」

「え、なんで」

「さっき栞那さんから連絡があって、すぐに調べたいことができたから」

要するに、再び単独調査を任されるということだ。

今回の調査の内容についてははっきりと聞いているが、調査対象が怪しい行動を見せた時、どこまで尾行を続けるかの判断は自身で行わなければならない。そのことに不安がないと言えば嘘になる。それでも、少しでも壱弥さんに力添えできるのであれば。

こくりと頷くと、壱弥さんはコーヒースタンドへと目を向ける。

「判断に迷った時は俺に連絡してくれたらいいし、望さんが帰宅したら事務所に寄らずに帰ってもらって問題ないから」

壱弥さんは先を急ぐように軽く左手を上げ、ふわりとジャケットを翻した。

「え、ちょっと待って。もっと注意することとか、助言とかないんですか!」

返事も聞かぬ間に、路地を抜けた背中が遠ざかっていく。

さてどうしたものかと、私は店舗の中を凝視した。この中にまだ望さんがいるとすれば、呉服屋の時と同様に彼が出てくるのを待つしかないのだろう。

少しだけ涼しさを感じさせる雨の日の朝。勢いに任せて扉を開け放つと、事務所のソファーで惰眠を貪っていた壱弥さんが数センチ飛び上がった。

「なんや、ナラか。道場破りでも来たんかと思たわ」

そう、彼は息を吐きながら再びソファーに身体《からだ》を沈め、捲《まく》り上げたティーシャツの裾からぼりぼりとわき腹を掻いた。その様子を見ると、昨日の出来事について謝罪のひとつもする気はさらさらないらしい。

○

あれから、コーヒースタンドを抜けた望さんは、五条から七条まで散歩を楽しむようにゆったりと歩き、自宅の近くにある博物館へと立ち寄った。

博物館では、与謝蕪村《よさぶそん》の特集が開催されていた。

与謝蕪村とは、江戸俳諧の巨匠の一人として知られると同時に優れた画家でもあり、俳画を芸術として完成させた人物であるとも言われている。

蕪村の手がけた有数の絵画をその身体に取り込んでいくように、ゆっくりと時間をかけて鑑賞する望さんを追いながら、自身もちゃっかりと展示鑑賞を楽しむことになってしまった。そして閉館間近の夕刻になると、彼はようやく帰路に就いた。

何事もなく調査を終えたのだからよかったものの、もしも彼に勘づかれていた場合、今後の調査の難易度を格段に上げることになっただろう。緊張からか神経をすり減らし、昨夜は夕食をまともに摂らないまま眠りに落ちてしまったのだ。きっと、文句のひとつくらいであれば許されるだろう。

「壱弥さん」

私は声量を抑えた声で呼名する。その瞬間、壱弥さんは何かを思い出したように勢いよく立ち上がった。

「そうや、ええもんあげるからそこ座って待ってて」

直前までソファーで溶けていたとは思えないくらい滑らかな挙動で、リビングへと姿を隠す。そして、軽やかに事務所へと舞い戻ったと思うと、三条にある有名なケーキタルト専門店の箱と小さな皿を私の目の前に置いた。

箱の中を覗き込めば、そこには艶やかなナパージュに包まれた宝石のようなマスカットタルトと、香ばしい焼き色のアップルパイがあった。

思わず彼の顔を見上げる。すると、壱弥さんは小さな銀色のフォークを私に差し出した。

「この前の栗きんとんのお礼や」

「もらってええの……？」

「あぁ、両方食べてええよ」

予想外の出来事に、抱いていたはずの不満が徐々に鎮火されていく。こんな洒落たものを準備されては、厳しい意見を言うことすらもできなくなってしまう。

それが彼の策略なのか、無自覚なのかは分からないが。

「いらんかったか？」

「い、いります！」

私は大きく首をふってから、アップルパイを皿に載せた。フォークを通せば、パイを割る音とともにシナモンの刺激的な香りが弾け、先までのもやもやとした気持ちさえもゆっくりと洗い流していく。気が付くと林檎の甘酸っぱさに包まれ、彼に対する不満など初めからなかったかのように消え去っていた。

半分ほど食べ進めたところで、ソファーで寛いでいた壱弥さんが口を開く。

「……昨日は引き継いでもらっておおきに。調査結果、聞かせてもらってもええか」

私は咄嗟に頷き、含んでいた林檎を嚥下する。そしてリュックから手帳を取り出すと、細かく時刻を記した望さんの行動記録へと目を向けた。

「まずは望さんの行動についてです」

壱弥さんと別れてから約十五分後に、望さんはコーヒースタンドから姿を見せた。そしてそのまま東大路通へと出ると、往路と同じ道順で七条通へと戻っている。

「その途中で国立博物館に立ち寄り、午後五時まで滞在。その後は帰宅を確認しています」

手書きのメモを目でなぞりながら、経時的に事実だけを伝えていく。

「その間に接触した人物は？」

「目立った人物はいません。博物館の職員と少しだけ言葉を交わした程度です」

「そうか……まずいな」

壱弥さんは腕を組み、息をつきながら目を伏せる。

言うまでもなく、望さんの浮気を立証できる証拠はひとつも見つかっていない。壱弥さんの言葉を聞くと、その事実が不安へと変わる。

「やっぱり、望さんは浮気なんてしてへんのかな」

「白である可能性も視野に入れる必要があるんは確かや。主計の話はどうやった」

彼の問いかけに、私は手帳のページをひとつ戻す。そして主計さんから聞いた望さんと栞那さんの関係性を伝え、短冊についての言及をそのままの形で唱え直した。

その報告を耳にした壱弥さんは眉間に皺を寄せ、難しい顔を見せる。

「俺も、短冊のことは主計の言う通りやと思う。短冊に書いた和歌を贈るなんて、現代の文化では違和感でしかないし、贈り主を特定されやすいものを愛人に贈るっていうのも怪しい。それに、見られて困るものを書斎に堂々と置いとかへんやろし、書き上げた恋文が無くなったとしたら望さんも知らんふりできひんやろ」

彼の推察はもっともである。二人の言葉を重ねると、やはりあの短冊が贈り物であるとは考え難《にく》いということだ。

もう一度、栞那さんの証言を思い出す。

「そしたら、望さんが一緒に喫茶店でお茶してたっていう女性を捜すしかないですよね」

「相手の女性が誰なんか分かったら話は早いんやけどな」

その現場を押さえるつもりで尾行調査をしたものの、結局何も掴めないまま終わってしまったのだ。この場合、もう一度尾行を行うか、別の視点で調査を試みるのか、または調査自体を終了とするのか、依頼主の栞那さんに結果を伝え相談しなければならない。

不発に終わった昨日の調査を振り返り、ふと私は大事なことを思い出した。

「そういえば、壱弥さんはなんの調査をしてたん？」

「あぁ、それな……」

話すことを躊躇っているのか、壱弥さんは私から視線を逸らし、言い淀んだ。

私に知られたくないようなものだったのだろうか。そう思ったものの、彼はようやく意を決した様子で静かに口を開いた。

「……ほんまは、おまえを巻き込みたくないから言うつもりなかったんやけど、逆に耳に入れておいた方が安心かもしれへん」

そう、いつにない真剣な表情で不穏な前置きをする。

「あの時、栞那さんから『誰かにつけられてる』って連絡があってな」

彼の口から飛び出した言葉は予想外のものであった。その声色には吐息が混じる。

「栞那さんがつけられてたって、誰に？」

「俺が到着した時に逃げてったらしいではっきりとは。栞那さんの証言から確実に分かるのも、小柄な女性やってことだけや」

無論、それだけで正体を突き止めるのは不可能に近い。それに犯人が女性ならば、彼女に対する個人的なストーカー行為である可能性は極めて低いだろう。ならば考えられる目的は何か。

そう思考を巡らせた直後、嫌な想像が浮かび、ぞくりと背筋が冷えた。

「……もしかして、その犯人が浮気相手の女性って可能性も」

「あり得るやろうな」

不快感を示すように、壱弥さんは苦い表情をみせる。

「正直、今の状態では浮気と尾行の関係性ははっきりせん。ただ、浮気の真偽がどうであれ、栞那さんが尾行されてたんは事実やし、その女性についての調査も同時に進めるつもりや」

つまり、その案件も浮気調査の一環として扱うということだ。

壱弥さんはソファーに預けていた身体を起こし、組んでいた腕を解く。

「……あと、仮に危害を加える目的で栞那さんを尾行してたんやとしたら、俺の存在がばれた以上、最悪を想定しておまえも周囲には警戒しといた方がええ」

低い声で発せられた彼の警告に、私はどきりとした。

夫婦間のトラブルがきっかけで刑事事件に発展したという事例は、いくつも目にしたことがある。そのような事件を連想させる彼の言葉は、恐怖心を植え付けるにはじゅうぶんすぎるほどであった。

「巻き込んでごめんな」

彼は眉尻を下げ、珍しく弱気な言葉を吐く。

いつもの壱弥さんであれば、どんな依頼でも自分なら解決できるのだと信じて疑わず、絶えず自信に満ちた光をその鮮やかな瞳に湛えていたはずだ。それがどうしたものか、今は不安げに視線を落とし、目の前の私に謝罪するばかりである。

彼らしくない。と言ってしまえば簡単だが、その心の揺らぎが、彼もまた血の通った人間であるのだと思わせるようで安易に否定できない。

私はできるだけ落ち着いた声で告げる。

「大丈夫です。依頼に関わったのは私の意思ですし、巻き込まれたなんて思ってません。そやから私のことは気にせず、壱弥さんは調査のことだけ考えてください」

壱弥さんは目を見張ったあと、少しだけ表情を緩ませた。

「うん、そうするわ……そやからナラも、できるだけ人目の少ない場所は避けてほしい。それくらい警戒しといてもらった方が、俺が安心する」

「気を付けておきます」

そう大きく頷く私を見た壱弥さんは安堵の息を吐き、もう一度ソファーに埋まった。机上に残るアップルパイに添えたフォークを手に取る。その直後、事務所内にインターホンの音が鳴り響いた。

壱弥さんは少し気だるげに立ち上がる。その様子からすると、仕事に関する予約があるわけでもないらしい。

休日に唐突に訪ねてくる人といえば、彼の身内である貴壱さんか貴依《きえ》ちゃんか、気心の知れた主計さんが妥当なところだろう。

しかし、開く格子戸の向こう側を見ていると、姿を見せたのは栞那さんであった。彼女は曇った表情で手元の藍色の傘を強く握り締める。その鬱屈とした表情に呼応するように、彼女の背後では変わらず雨が降り続いていた。

「すいません、急に押しかけてしもて」

申し訳なさそうに頭を下げる栞那さんを前に、壱弥さんはひとつも眉を動かさず、淡々とした口調で尋ねる。

「それは良いんですけど、ここまではお一人で来られたんですか」

「……どうしても調査の結果が気になって」

彼女が身体を強張らせたまま小さく頷くと、壱弥さんは僅かに目を細める。

昨日の今日だというにもかかわらず、単独行動をとったことを、少なからず良いことだとは思っていないのだろう。

「そうですか。ちょうどこれからどう調査を進めるべきか相談してたところなんです。よければ結果も含めてお話しします」

どうぞ、と壱弥さんはあえて彼女を諌《いさ》めることはせず、半身を引いてから右手を滑らせるように誘導し、事務所へと招き入れる。やや呆れた心情を察してか、栞那さんはきまりが悪そうな表情のまま、傘を壁際に立てかけてから事務所へと足を踏み入れた。

私は戸棚から来客用のお茶が入った茶筒を取り出し、密閉された蓋を解く。しかし、中を覗き込んでからようやくそれが空であることに気付く。仕方なく隣にあった和紅茶を淹れ、俯いたままの彼女へと差し出した。

私が隣に着いたあと、壱弥さんはゆっくりと話し始める。

「結論から申し上げますと、昨日の調査では望さんに浮気を確証するような行動はみられませんでした」

調査結果報告書が未完成であるためか、先の調査結果を口頭でゆっくりと伝えていく。

浮気と思わしき場面には遭遇しなかったこと、短冊が恋文ではないかもしれないということ、望さんが潔白である可能性も視野に入れなければならないこと。そしてその場合は、尾行だけに止《とど》まらず更に踏み込んだ調査が必要であるということ。

すべてを伝え終えた時、栞那さんは肩を落とす。

「他にできる調査はないんでしょうか」

「次の手段のひとつとして考えているのは、ご主人が繰り返し食事をしていた女性と、奥様を尾行していた女性の正体を探ることです。浮気の事実があるのであれば、そのような関係にある女性が浮上するでしょうし、ないのであれば、奥様が抱く不信感の原因をひとつずつ摘み取っていくことになります」

ただ、その場合は望さんの身辺調査が必須となる。それは現在の交友関係を明らかにするだけではなく、過去の女性関係にまで及ぶことになるだろう。

それに承諾がいただけるのであれば、と告げると、栞那さんは少しも躊躇うことなく首を縦にふった。

○

日本列島に記録的な大雨をもたらした台風が過ぎ去った昼下がり。数日に渡って続いた悪天候のせいか、街はいつもよりもずいぶんと人気《ひとけ》が少なく静かだった。

河原町《かわらまち》にある百貨店で母から頼まれたものをいくつか購入した私は、自身の用事を済ませるために四条通から祇園《ぎおん》を目指す。次の目的地は、親友の兄が継いだという茶屋・椿木《つばき》屋《や》である。

台風一過であろうとも、京都の街並みを代表する祇園にはある程度の人影があった。しっとりと濡れた石畳の道を進み、二寧坂へと続く階段に差しかかる。

その時、頭上に広がる薄暗い雨雲からぽつりと雨粒が零れ落ちた。それは瞬く間に激しさを増して、景色を白く煙らせていく。私は慌ててリュックから取り出した折りたたみ傘を開き、足元の悪くなった石の階段を慎重に下りた。

朝の天気予報が終日の曇り空を唱えていたことを考えると、この雨はきっとにわか雨のようなものなのだろう。だとすれば、そう長くは続かないはずだ。

男心と秋の空とはよく言ったものだと、移り気な秋の空模様に溜息を零しながら、小さな傘の柄を握り直す。気を取り直して道を急ごうとしたところで、ふっと雨が弱くなり、目の前の軒先で雨宿りをしていた男性が自然と面を上げた。

少し困った表情で雨空を仰ぐ男性を見て、私は思わず立ち止まった。

耳の上で切り揃えられた黒髪と、優しい面立ち。それは紛れもなく望さんであった。

思わず名前を呼んでしまったことにより、男性は不思議そうに首をかたむける。

「……どこかでお会いしましたか？」

しまった、と思った。しかし望さんは優しい表情のまま、何かを閃いた様子で両手を打ち合わせた。

「君、もしかしてナラちゃん？」

「私のこと知ってはるんですか……？」

「やっぱり。主計から君の話聞いたばっかりやったし、そうや思ってん」

話を聞いただけで、どうして分かるのだろうか。その疑問を解くように、望さんは続けていく。

「観月祭に一緒に行ったって、写真見せてもらってな」

観月祭の日、会場にいた老夫婦に頼まれてカメラのシャッターを切ったあと、二人も是非という押しの強さに負けて、私たちもまた写真を一枚撮ってもらったのだ。そうして出来上がった記念写真は、メッセージアプリで共有し、それぞれのスマートフォンに残っている。

視界を煙らせる雨はいまだに止まず、しばらく立ち話をしていたせいか、石畳から跳ね返る雨粒が足元の靴や裾を少しずつ濡らし始めている。このままでは足先から緩やかにずぶ濡れになってしまうだろう。

話によると、彼は仕事までの空き時間を潰すために清水を散策していたものの、急な雨に降られて足止めをされていたらしい。

つい先日に尾行調査を行ったばかりの彼と、直接言葉を交わしているなんて不可思議なことではあるが、これは願ってもいない好機なのかもしれない。そう意気込むと、自然と傘を握る手に力がこもる。

「これから近くのお茶屋さんに行くつもりなんですけど、カフェもあるんで、よかったら雨が止むまでご一緒にお茶でもどうですか」

「うん。ナラちゃんがいいなら、お言葉に甘えさせてもらおかな」

その誘いを快諾すると、望さんは小さく頭を下げてから私の差し出した傘に入り、すぐ近くにある椿木屋に向かって歩き始めた。

雨の影響か、店内の人気は疎《まば》らであった。再び強くなる雨音を聞きながら、私たちは奥の喫茶スペースへと進む。

椿木屋までの道を急ぐ時、望さんは自分が傘を持つと言って、私に傾けるようにして差してくれていた。そのせいか、彼の左肩や袖の辺りが雨に濡れてしまっている。その何気ない行動でさえも、きっと彼の優しい人柄によるものなのだろう。

袖口の雨粒を払い、私たちはそれぞれに席に着く。そして注文を終えたところで、望さんがふと思い出したように私に尋ねかけた。

「今更やけど、なんでナラちゃんは僕のこと分かったん？」

その台詞に、どきりとした。

「えっと……実は私も、主計さんから望さんのことお伺いしてたんです。お店に来るたびに惚気てくるんやって言うてはって」

それに、望さんが書家として活動しているという話を栞那さんから聞いて、インタビュー記事などをいくつか読んだのだと告げる。

すると、彼は少し照れた様子で顔を伏せた。そして面映《おもは》ゆさを隠すように手で口元を覆いながら、ゆっくりと視線を私に向ける。

「あいつ、そんなことばらしてるん……？」

その表情が幼い顔立ちと相まって、少し可愛らしくも見える。

「でも話聞かせてもらって、すごい仲のいいご夫婦なんやなって、私も幸せを分けてもらったような気持ちになりましたよ」

そう伝えると、望さんは伏せていた顔を上げてから静かにその目を細めた。

「そっか、仲のいい夫婦ね……」

「ちゃうんですか……？」

「いや、仲悪いわけではないんやで。ただ、たまに栞那の考えてることが分からへんくなるっていうか。いまだに、彼女のこと幸せにできてるんか不安になることもあってな」

それは自分が彼女よりも年下であるせいなのかもしれない。だからせめて彼女の期待に応えられるように、彼女を支えられるように、書家としての仕事を成功させたいのだと彼は笑った。

私は望さんに視線を送る。

「栞那さんも、望さんのお仕事のこと心から応援してくれてると思います。望さんのこと話してくれる時、栞那さんすごい嬉しそうにしてたから」

「そうやと嬉しいね」

間もなく注文をした品が手元に届き、仄《ほの》かなお茶の芳香が周囲を包み込んだ。雨のせいで冷えてしまった指先を温めるように、そっと茶器へと手を添える。

それからいくらかの談笑を繰り返しているうちに、店先に響く雨音が少し柔らかくなっていることに気が付いた。

雨が止めば、この穏やかな雨宿りの時間も終わりを迎える。とりとめのない会話をするだけでは、有力情報をひとつも得られないまま、この場を離れることになるはずだ。ようやく掴んだ好機を前に、行動を起こさずにいるのは探偵助手の名に恥じる行為である。

できるだけ自然に、あの短冊の真意や親しい女性について聞き出せる方法はないか。私はゆっくりと言葉を探す。

「――そういえば、この前栞那さんに望さんの作品を見せていただいたんです」

望さんは静かに私を見た。

「綺麗な雲紙の短冊に、紀友則《きのとものり》の和歌が書いてありました。命やは……っていう」

「あぁ、あれか」

　そう、記憶を辿るように目線を頭上へと移動させ、再度私に向ける。

「でも多分、ナラちゃんが見たのは失敗したやつやな。くしゃくしゃにしてあったやろ」

　確かに、あの短冊には一度丸めた紙を伸ばしたような跡があった。それでも、とても失敗作とは思えないくらい美しい筆跡であったはずだ。

「あれのどこが失敗やったんですか？　じゅうぶん綺麗でしたけど」

「なんか書いてもいい紙持ってる？」

　彼は懐から簡易の筆ペンを取り出す。そして私が差し出した手帳の片隅に、さらりとある一文字を書き上げた。

「露、ですか？」

「うん。失敗作の方はバランスが気に入らへんくて」

　私は記された「露」の文字をもう一度覗き込む。やはり、いずれの筆跡も美しく繊細なものであることには変わりない。しかし、書き上げられたばかりの「露」の文字には、降る雨のような淑やかさが秘められている、そんな印象を受けた。

「筆で書いた文字って魅力的ですね」

「ありがとう。書で仕事させてもらってるんは僕の誇りや。僕の書がきっかけで、書道に興味を持ってくれる人がいたらええなって思ってんねん」

望さんは曇りのない真っ直ぐな声で告げた。

書道の予備知識がない私でも、彼の作品には人を惹きつける力があることは分かる。彼の抱く想いは、既に幾人にも届いているのではないのだろうか。

「あの短冊も、お仕事で書かれたものなんですか？」

短冊の真意を問うと、彼は筆ペンを懐に戻してから静かに首をふった。

「まぁ、仕事半分ってところかな。あれは友人に頼まれて書いたもんやし」

「それは、あの和歌を書いてほしいってお願いされたんですか？」

「そうやね。他にも書いたんやけど、あの和歌はそのひとつやで」

彼の返答を聞いて、私ははっとする。

もしかすると、その友人こそが彼と親しげにお茶をしていたという女性の正体なのかもしれない。だとすれば、それは浮気相手に繋がる重要な情報となり得るだろう。

どのように切り出せば、自然な形で情報を引き出すことができるのだろうか。私は思考を巡らせる。

「その――」

私が口を開いたと同時に、望さんもまた驚いたような声を上げた。見事に声が重なったことで、それぞれが続く言葉を呑み込んでしまう。しかし、少しの間を置いてから望さんは申し訳なさそうな様子で静かに立ち上がった。

「ごめんなナラちゃん。仕事の時間やし、そろそろ行かなあかんわ」

「そうですか……」

テーブルの端の小さな紙を指先で摘まみ上げ、彼はもう一度私へと目を向ける。

「ナラちゃんは今、好きな人いる？」

あまりにも唐突に、予想もしていなかった質問を受けて、私は戸惑った。どのように答えていいのかも分からず目を泳がせる。

「好きな人ですか……？」

「うん。君が主計のこと好いてくれてるんやったら、僕も嬉しいなって思て。そうじゃなくても、悪いやつちゃうし、これからも仲良うしたってほしいねん」

望さんは目を細めながら、いくらか穏やかな口調で告げた。

彼の言う「好きな人」とは、きっと心を寄せる相手を意味しているのだろう。そうであれば、私はまだ自分の抱く感情に、はっきりとした名前を付けられずにいる。

「変なこと聞いてごめんな。またどっかで会えるといいね」

そして今日のお礼だと言って、私が断る間もなく二人分の勘定を済ませ、彼は少し急ぐように店を後にする。

まるで嵐が過ぎ去ったように静まり返る店内で、私は残る彼の言葉をぼんやりと頭の中で反芻《はんすう》していた。

いつの間にか雨は綺麗に止んでいた。

小さく畳んだ傘と購入したお茶をリュックに入れて、私はいつものようにゆっくりと歩きながら事務所へと向かった。

二寧坂を抜けた東側には坂本龍馬の墓があるという維新の道、北側にはねねの道が続いている。天候の良い日には大勢の観光客が行き交い、人力車も走っているほどであるが、今日は生憎の天気のせいで人の姿はほとんど見当たらない。

石畳の道を早足で抜けて、私は円山公園を目指していく。その直前、長楽館《ちょうらくかん》のそばに一人の女性が佇んでいることに気が付いた。

雨はとっくに止んでいるというのに、藍色の傘を差したままの彼女は妙にふらふらとした足取りで公園の奥へと消えていく。

見間違いでなければ、あの後ろ姿は栞那さんではないだろうか。その足取りが気になり、すぐに追いかけてみたものの、どうしてか彼女の姿はどこにも見当たらず、私は仕方なく道を引き返した。

神宮道を北へ歩き進め、ようやく事務所へと辿り着いた私は、変わらず鍵のかかっていない入り口を開く。雨で汚れた靴底をマットで綺麗に拭い、背中のリュックを下ろしながら事務所に入ると、奥のデスクには仕事をする壱弥さんの姿があった。

白い長袖のティーシャツに黒いスラックスパンツといったシンプルな装いではあるが、デスクに向かう姿はいくらか多忙そうに見える。いつもなら、夕方にはソファーで惰眠を貪っていることが多いのであるが。

声をかけることを躊躇っていると、珍しく気を利かせてくれたのか、壱弥さんの方から口を開く。

「もうすぐ一段落するし、部屋の方で待っててくれるか。そこでうろちょろされたら気ぃ散ってかなわんし」

「うろちょろって……」

前言撤回である。

人を落ち着きのない子供のように扱う壱弥さんに、少しばかりむっとして彼を睨みつける。それでも、仕事の邪魔をするのは私にとっても不本意なことなのだ。

喉元まで出かかった不満を呑み込んだ私は、彼に言われた通り、静かな部屋で彼の仕事に区切りがつくのを待つことにした。

部屋へと続く扉の奥で靴を脱ぐと、誰もいない薄暗い廊下を進む。見る限り部屋は決して綺麗だとは言えない状況ではあったが、元から家具がほとんどないせいか、散乱する衣類や本、コーヒーの空き缶を片付けるだけで、すぐに生活の色を感じられない整然とした空間を取り戻した。

簡単な片付けを終えたあと、冷蔵庫にあったアイスコーヒーとミルクで甘いカフェオレを二人分作る。ひとつはグラスごと冷蔵庫に残し、もうひとつのグラスを手にしたまま、私は疲れた足を休めるようにソファーへと身を埋めた。

グラスを口元に運ぶ。

もう少し甘みがあった方がよかっただろうか。いや、コーヒーの苦みが残るくらいさっぱりとしている方が壱弥さんの嗜好には合うのかもしれない。そう思ったところで、廊下から小さな足音が聞こえた。

次にはふらりと見せる姿に、私はかすかな違和感を抱く。

「壱弥さん、体調悪いんですか……？」

「は？　なんで」

彼は怪訝な顔をした。

「ちょっとだけ、いつもより顔色悪い気がして」

「そうか？　疲れてはいるけど、体調は普通やで」

絶好調ではないけどな、と壱弥さんは冗談を言いながら笑った。その反応を見る限り、きっと私の思い過ごしなのだろう。

以前、夜通し雨が降り続いた翌朝に、蒼白い顔をした彼の姿を見たことがあった。その時は雨音が煩《うるさ》くてあまり眠れなかったのだと話してはいたが、今でもその記憶が脳裏に焼き付いていて、長雨の続く日には無意識に彼のことを心配してしまう自分がいる。

それに、昨夜は台風のせいでひどく荒れた天候だったのだ。俗に言う低気圧が原因で体調を崩しているのであれば、この夜も例外ではなかったはずだ。

そこまで考えたところで、心配しすぎるのも良くないのだろうと思い、私は話題を変えることにした。

「それならよかったです。壱弥さんの分もカフェオレ作ってるんで、飲みますか？」

「あぁ、もらうわ」

冷蔵庫から出したグラスを差し出すと、壱弥さんはそれを利き手である左手で受け取ろうとする。しかし、どうしてか一度出した左手を引っ込め、今度は右手で冷えたグラスをしっかりと手に取った。

その動作を誤魔化すように、彼は一口飲んでからグラスを机に置く。そして、少し大げさにソファーの背に身体を預けながら深く息をついた。

「疲れてる時の甘いコーヒーは最高やわ」

「そう思って、カフェオレにしてみたんです」

「そうなん。ありがとう」

そう言って、彼は大きな欠伸を零す。

やはり寝不足なのではないかと思ったが、昼間から惰眠を貪っているのは彼の通常運転で、とりわけ珍しいことでもなんでもない。むしろ天気の良い日には公園のベンチで昼寝をしているような大人なのだ。

心配するだけ無駄なことであったと、私は本来の目的を思い出し、購入した茶葉と領収書を彼に差し出した。

「そういえば来客用の切れてたな。わざわざおおきに」

「この前たまたま気付いたんで、買うてきたんです。他にも必要やったらお遣いぐらいしますよ」

「ほな、ついでに補充しといて」

細かい作業が苦手だからと、彼はふわりと立ち上がってから、キッチンのカウンターに置いていた空の茶筒を私に放り投げた。そういうことではない、と心の中で突っ込みを入れたものの、普段からの彼の行動を見ている限り、細やかな作業ができるとはお世辞にも言えないのが事実である。

事務所の鍵を一発で差し込めているところは見たことがないし、万年筆で綴られる文字だって歪《いびつ》で読めたものではなく、お茶を淹れる手つきもなかなかに危なっかしくて安心して見てはいられない。

本当に信じられないくらい不器用な人なのだ。

「そういえば、さっきまで雨降ってたみたいやけど、大丈夫やったか」

「はい、傘持ってたし」

私は茶筒の蓋を外し、詰め替え用の茶葉の封を切ろうと袋を強く引っ張ってみる。しかし強固に密封されたそれは、私の力ではどうにも開かない。

「傘で思い出したんですけど、ここに来る前に、望さんと栞那さんにお会いしましたよ」

偶然に会ったその時に、望さんと少しだけ話をすることができたと伝えると、壱弥さんは気の抜けた様子のまま小さく相槌を打つ。

「平日やのに、二人で出かけることもあるんやな。てっきり、望さんは休みないくらい忙しいんかと思ってたけど」

「いえ、会ったのは別々です。栞那さんに関しては近くで見かけただけですけど。っていうか、壱弥さんはさみ貸して」

茶葉の袋と格闘することにも飽きて、私はゆっくりと立ち上がった。

「はさみ？　んなもんないで」

当然のように返される言葉に、愕然とした。

「はさみもないって、どんな生活してるん……」

「ん、こんな生活やけど」

そう、おどけるように彼は空いたソファーにごろりと寝そべる。その様子を見て、まともに取り合っていた自分がいよいよ馬鹿らしくなった。

考えてみれば、料理をしないせいか、この家には包丁どころかまな板やフライパンもない。当然、調味料も揃っていなければ、冷蔵庫にあるのは私が勝手に入れた飲み物と、貴壱さんが持ってきてくれている作り置きの食事だけで、食材のひとつも入っていないのだ。

そんな部屋にはさみひとつがなかったところで、驚くほどのことではない。

私は茶葉を補充することを諦めて、茶筒とともに机の端に置いた。

呆れる私の背後で、壱弥さんがむくりと起き上がる。

「まぁ、どうでもええことは置いといて、栞那さんを見かけたってどういうことや」

「栞那さんっていうか、それっぽい人の後ろ姿を見かけただけなんで、何しとったんかまでは分かりませんけど……」

「そうか。もう一度聞くけど、望さんと栞那さんは一緒にいたわけちゃうんやな?」

想像以上に深刻な声音で紡がれる質問に、私は首を縦にふる。そしてソファーへと座り直してから、ゆっくりと事の詳細を語った。

椿木屋に向かう途中で急な雨に降られ、近くの軒先で雨宿りをする望さんに偶然出会ったこと。雨が止むまでの僅かな時間を、彼とともに椿木屋で過ごしたこと。

そして、紀友則の詠んだ和歌を書いたあの短冊は、望さんが友人に頼まれて揮毫したものなので、仕事に直接関連するものではないということ。

ひとつひとつの話を聞きながら、壱弥さんは真剣な面持ちで頷いてくれる。

「ただ、栞那さんが持ってた短冊は、失敗して破棄されたもんやったそうです」

「あぁ、なるほど。失敗作やからくしゃくしゃにしてあったってことか」

「そうみたいですね」

それを初めて目にした時、短冊に刻まれた皺は、栞那さんが感情のままにつけてしまったものだとばかり思っていた。しかしそれが望さんの手によって破棄された証なのだとしたら、彼女はあの短冊をどのようにして捜し出したのだろうか。

「栞那さんは大丈夫ですかね……」

「言いたいことは分かる。ちなみに、おまえが栞那さんを見かけたんはいつや」

「望さんと別れて、事務所に来る途中です」

彼女と思わしき後ろ姿を見かけたのは、円山公園に入る直前のところだった。はっきりと顔は窺えなかったものの、雨が止んでいるにもかかわらず差されていた藍色の傘は、事務所に来訪した彼女が所持していたもので間違いはない。

「……もしかしたら、まずい方向に進んでしもてるかもしれへんな」

「え？」

その言葉の意味が理解できず首をかしげていると、壱弥さんは続けていく。

「栞那さんが単独で行動を起こしてる可能性があるってことや」

つまり、依頼の結果を待たずして栞那さん自身が望さんの行動を調べ始めているのではないかと指摘しているのだ。

だとすれば、望さんの近くで彼女を見かけたことにも説明がつく。しかし、同時にそれは、彼女が正常な判断能力を失ってしまっているということをも示唆している。そのような精神状態で、見知らぬ女性と会う望さんを目撃することにでもなれば、過激な行動を取る可能性も否定できないだろう。

取り返しのつかない状況に陥る前に、なんとか調査を完遂させる必要があるのだが。

「とにかく、急がなあかんってことですね」

あぁ、と苦い表情のまま彼は頷いた。

「壱弥さんの調査はどうですか」

「ある程度の人物の推測はできてるけど、肝心な聞き取り調査がまだでな……明日にでも改めてお願いしようとは思ってる」

壱弥さんが調査を行っていたのは、望さんの過去の女性関係についてである。

彼が開く黒革の手帳を覗き込み、そこに記された情報を見て私は顔を上げた。

「え……望さんが食事をしてた女性って」

かすかに震える声で告げると、壱弥さんは静かに首肯する。

同意を受け取ったその瞬間、私はあの短冊が何のために書かれたものであるのかをはっきりと理解した。ただ、あの場にいなかった彼はこの事実を知らないはずだ。

「壱弥さん、これ見てください」

鞄から手帳を取り出し、該当のページを慌てて開く。

「なんや」

彼は手元の手帳を覗き込むために、私のすぐ後ろ側に左手を置いた。そしてそのまま顔を寄せるように身体を屈《かが》めたことで、腕が私の肩に触れる。柔らかい体温を感じたその瞬間、どうしてか言葉をすべて抜き取られてしまったように頭が真っ白になった。

「どうしたん」

彼の低い声が耳元に降り注ぐ。

「いえ……短冊が、なんのために書かれたんか……ですけど……」

「それと、これがなんか関係あるんか？」

壱弥さんは右手の指で手帳に記されたひとつの文字に触れる。恐る恐る視線を流してみると、計ったように伏せられていたはずの目が私の顔を捉えた。

直後、事務所の電話が大きく鳴って、私はびくりと飛び跳ねる。

「悪い、ちょっと電話取ってくるわ」

離れていく彼の姿に、私は大きく息を吐いた。

窓から見える薄曇りの空が、少しずつ明るさを取り戻している。

あれから、どうしてか壱弥さんが部屋に戻る気配はなく、待つことにしびれを切らせた私は事務所へと向かった。邪魔をしないように慎重に扉を開けると、彼の静かな話し声が聞こえてくる。

それはどこか相手を諫めるような声色で、珍しく彼が困り果てているのが分かった。

「――はぁ、そうですか。分かりました。そういうことならお待ちしております」

お気をつけて、と告げてから彼は電話を切った。流れるように大きな溜息が漏れる。

事務所の隅からその様子を見ていると、気配に気が付いたのか壱弥さんは振り返った。

「待たせたな」

私は首を横にふる。

「いえ。なんか問題でもあったんですか？」

客人との電話にしては少し様子がおかしかったようにも思う。率直に尋ねると、壱弥さんはきまりが悪そうに黒髪を右手でくしゃりと掻いた。

「電話の相手、栞那さんやったんやけど……泣かせてしもてな」

「え、栞那さんを？」

「あぁ。調査の進捗状況を確認されたから、相手に見当がついたことを伝えたんやけど」

ただそれだけを伝えたところで、彼女は壱弥さんの言葉を遮るように相手の女性と直接話がしたいのだと訴えた。しかしそれは、現状では極めて危険な行為であり、当然の如く壱弥さんはその申し出を却下したという。

するとと栞那さんは取り乱した様子で壱弥さんへと迫ったそうだ。

「彼女とは直接話すべきやと思ったし、とりあえず今からうちに来てもらうことになった」

電話をデスクに戻してから、壱弥さんは少し呆れた様子で応接用のソファーに座る。

「それでなんやっけ。さっきの話」

ひんやりとした瞳を向けられ、私ははっとした。

「あ、そっか。まだ話の途中でしたね」

私は彼の向かい側に着く。そして直前まで話していたこと思い出しながら、短冊についての詳細を伝えていく。私の話をすべて聞き終えた壱弥さんは、しばらくぼんやりと考え事をしていたものの、すぐに何かを得た様子でにやりと笑った。

「おおきに、おまえのお陰で全部繋がったわ。早急に連絡したいことがあるから、ちょっとだけ待ってて」

急いで部屋に戻る彼の背中を見送り、私は事務所の壁掛け時計に目を向ける。時刻は午後四時を過ぎたばかりで、格子戸から漏れる陽光はうっすらとした朱色を帯び始めていた。

真夏と比べると、もう随分と日も短くなって、少しずつ秋らしい気候を感じるようになった。きっとあっという間に秋は深まり、冬が訪れ、季節は移ろいでいくのだろう。

そう思ったところで、入り口の向こうに人影が揺らめく。直後、事務所のインターホンが鳴った。私は返事をしてから、ゆっくりと格子戸を開く。壱弥さんが話していた通り、そこには物憂げな表情で俯く栞那さんの姿があった。

面を上げた彼女は、私の顔を見るなり大きく瞬きを繰り返す。

「ナラちゃん……ここにおったんや」

その言葉の意味がよく分からなかった。

彼女の黒い瞳が探るように私を覗き込む。

「ナラちゃんに聞きたいんやけど、今日、なんで望と二人で話してたん？」

「えっ」

不意をつかれ、私は言葉を詰まらせた。同時に、その言葉を聞いてようやく彼女が向ける敵意の意味を理解する。

やはり栞那さんは独自で望さんの行動を調べていたのだろう。そして、私が望さんとともに椿木屋に入るところを見ていたということだ。

「やっぱりあの時、私には言えへんようなことしてたん……？」

「違います。私は調査のことで望さんに聞きたいことがあっただけで、清水でお会いしたのも偶然なんです」

彼女の目にはうっすらと涙が滲んでいる。

「でも望は、私といる時よりも、ナラちゃんと二人で話してる時の方がよっぽど楽しそうやったから……」

その言葉とともに、目元からはらりと悲しみが零れ落ちた。

目の前に差し出された彼女の手に、私は一歩後退《あとずさ》る。激しく脈打つ鼓動に反して、静かに血の気が引いていくのが分かった。

彼女の手には、カッターナイフのような鋭い刃が握られている。その手は小さく震えていて、濡れた瞳はどこか遠い暗闇を見ているようだった。

「なんでこんなことになってしもたんやろね……」

ふと背後で物音が聞こえたと思った直後、まるでスロー再生のように、私の目の前に壱弥さんの身体が滑り込んでくる。私は声にならない悲鳴を上げながら、手で視界を遮るようにして顔を背けた。しかし、どうしてか大きな物音は聞こえない。恐る恐る顔を上げると、右手で栞那さんの手首を掴み上げる壱弥さんの姿があった。

「ナラ、さがってろ！」

怒鳴るような彼の声を聞いて、意識が現実に引き戻される。

今すぐこの場を離れなければならない。そう頭では理解しているはずなのに、足がすくんで動かず、喉が凍り付いたように上手く声が出せない。

再び響く壱弥さんの声に、恐怖心から私はその場にへたり込んだ。

槊那さんを睨みつけたまま、壱弥さんは手首を掴む右手に強く力を込める。痛みからか彼女の表情が歪《ゆが》み、握り締めていた刃がフローリングタイルに転がり落ちた。それを靴底で払いのけてから、壱弥さんは彼女を壁際に押し付ける。

鈍い音とともに小さな悲鳴が漏れた。

「……自分が何をしたんか理解されてますよね。小さなカッターナイフでも、人を傷つけるものであることには変わりません。あなたがしたことは、立派な犯罪行為です」

その声は諭すように淡々としているものの、彼女を見る横顔からは強い怒りの色が伝わってくる。その言葉を聞いてようやく事の重大さに気が付いたのか、槊那さんはぽろぽろと大粒の涙を零し始めた。

「ごめん……なさい……私……」

上擦った声で謝罪する槊那さんの身体を、壱弥さんはようやく解放する。すると、彼女は力なくずるずると床に崩れ落ちた。

苛立つ表情を隠すように、壱弥さんは背を向けてから大きく息を吐く。そして真っ直ぐこちらに歩み寄り、ゆっくりと右手を私に差し出した。

「大丈夫か」

「……はい。壱弥さんこそ、怪我してませんか？」

「あぁ、俺はなんともない」

とは言うものの、握り返した手が想像以上に冷たくて、私は思わず彼の顔を見やる。やはり少しだけ顔色が悪いようにも見えたが、何事もなかったかのように手を強く引いて私を立ち上がらせる。そして次には事務所の隅に転がるカッターナイフを拾い、刃を収納してからデスクの端に置いた。

壱弥さんは項垂《うなだ》れる栞那さんへと目を向ける。

「ひとまず、落ち着くまではここにいてください。あと十五分もせんうちに、望さんがこちらに来られると思うんで」

その言葉に、栞那さんはどこか諦めにも似た表情を浮かべたままゆっくりと頷いた。

事務所の入り口を開くと、そこには息を切らせた望さんの姿があった。

きっちりと整っていたはずの黒髪は呼吸とともに乱れ、額にはうっすらと汗が滲んでいる。直前まで何らかの作業をしていたのだろう。昼過ぎに出会った時のカジュアルな服装とは異なって、彼は濃い灰色の作務衣《さむえ》を纏い、両手は墨によって黒く汚れていた。

それを見ただけで、彼が作品の制作にあたっていたということが容易に想像できる。

「すいません、こんな恰好で」

「いえ、こちらこそ急かしてしもたみたいで申し訳ありません」

そう告げてから、望さんを事務所へと招き入れる。額から伝う汗を首元のタオルで拭いながら、望さんは俯く栞那さんの隣に着いた。

「直接お会いするのは初めてですよね」

真っ直ぐに彼を見据えながら、壱弥さんは自身の名刺を差し出す。それを受け取った望さんは、軽く会釈を返した。

「妻はなんで春瀬さんのところに来てたんですか？」

いまひとつ自分が呼び出された理由が分からないようで、望さんは怪訝な表情で問いかける。そこで初めて、彼女から浮気調査の依頼を受けていたことを伝えると、望さんは驚いた様子で目を瞬かせた。

「それって、妻が僕の浮気を疑ってたってことですか？」

「そういうことになります」

「そう……ですか」

望さんは悲しげな表情を見せるが、動揺する様子はない。

「……実は、以前から妻の不思議な行動が気になってたんです。そやから、浮気を疑われてたって聞いて、ようやく合点がいきました」

「不思議な行動、ですか……？」

その言葉にひっかかったのか、壱弥さんが尋ねる。すると、彼は隣に座る栞那さんを一瞥してから落ち着いた声で続けた。

「今までの栞那は、僕がなるべく仕事に集中できるようにって、書斎には一切立ち入ろうとしいひんかったんです。それやのにここ数か月の間、僕の外出中に何度か書斎の掃除をしてくれてたことがありました」

彼の面持ちとは裏腹に、その事実だけを聞くと特別不可思議な行動とは思えない。

望さんは眉を寄せる。

「ナラちゃんには話したんですけど、妻がお二人に見せた短冊は、失敗して破棄したはずのものなんです」

それを聞いて、ようやく先の言葉の意味を理解した。つまり、栞那さんは望さんが不在の間を狙って書斎に入り、浮気の証拠を探そうとしていたということなのだろう。

重い空気を打ち払うように、望さんは続けていく。

「それで、調査の方はどういう形で決着したんでしょうか」

「それに関して直接お話しするつもりで、お呼び立てした次第です」

望さんが頷いたことを合図に、壱弥さんは封筒の中のファイルから報告書を取り出し、二人の前へと滑らせる。それを手に取った望さんは、栞那さんにも見えるように広げながら紙面を覗き込んだ。

「——記載の通り、ご主人に浮気の事実はありませんでした」

栞那さんの視線が手元に落ちる。

「何故この結論に至ったのかということを今からお話しいたします」

淡々と、壱弥さんは自身の手帳を開く。

「まずは望さんにお尋ねします。あなたには大学時代に恋人関係にあった女性がいて、今年の初夏あたりにその女性と偶然再会されていますね」

その時、懐かしさからか二人は食事をともにし、さまざまな思い出話に花を咲かせることになる。栞那さんが目撃したというのは、その時の二人の姿であった。

「そしてその女性は、あなたに和歌の揮毫を依頼した人物でもあり、栞那さんを尾行した女性とも同一人物です。間違いはありませんか？」

その言葉に驚いたのか、栞那さんは大きく目を見張った。

どうして栞那さんを尾行していた女性までもが同一人物であると断定できるのだろう。そう疑問を抱いたところで、唐突に事務所の入り口が開く。その場にいた全員が同時に目を向けると、格子戸の向こう側からふらりと現れたのは緩いティーシャツ姿の主計さんであった。

「あれ、ごめん。大事な話してる途中やった……？」

少しだけ気まずそうに周囲を見回しながら、主計さんは苦笑を零す。その背後で人影が揺れたかと思うと、見覚えのある着物姿の女性が佇んでいることに気が付いた。

「夕香……！」

望さんが驚いた様子で声を上げた。

あの時と同じ青緑色の着物を纏った彼女は、主計さんに誘導されるようにして事務所に足を踏み入れる。壱弥さんは静かに立ち上がり、彼女を空いている席にかけるようにと促すと、自身は事務所の奥にあるデスクチェアへと座り直した。

私は彼らの邪魔にならないように応接席から離れ、部屋の片隅で佇む主計さんのもとへと歩み寄る。

「主計さん、色々とご迷惑おかけしてすいません」

「ううん、たいしたことしてへんで。望さんと夕香さんを別々に連れてきてほしいって、兄さんから電話で頼まれとっただけやから」

「なるほど、そういうことやったんですね」

そう小さく肩を揺らすと、主計さんは事務所の奥へと視線を向ける。

「ほな、僕は話が終わるまで部屋の方で待たせてもらうわ」

それを聞いた壱弥さんは振り向くこともしないまま、右手をひらりと振った。靴を脱いで部屋に上がる彼を見送り、私は彼らの話に意識を戻す。

ちょうど、夕香さんへの簡単な状況説明が終わったところであった。

「……先ほどの話の続きですが、ここ三か月の間でお二人は繰り返し一緒に食事をされていますね。その事実には恐らく、栞那さんも気付いてらっしゃいます。そうですよね」

壱弥さんの言葉に、栞那さんはこくりと頷いた。次いで滑るように琥珀色の目を向けられた夕香さんは、あからさまに顔を背けてしまう。

「まさか、それを見て栞那は僕の浮気を疑ったってことですか？　もしそうなら、今の僕らに疚《やま》しい関係はありません。大学卒業後すぐに別れてから偶然再会するまで、お互いに連絡も取ってなかったくらいですから」

まるで何かを取り繕うように、望さんははっきりとした口調で夕香さんとの関係を否定した。

表情を動かさないまま壱弥さんは続けていく。

「お二人にそのような関係がないということは、先にもお話しした通り、間違いはないと思います」

これは単なる憶測ではない。過去の交友関係を辿ってみても、浮気に繋がるようなものはひとつも見つからなかったと、壱弥さんが単独で行っていた調査結果からも証明されている。

残る疑問は、かつての恋人同士であった二人が何故、疑われるリスクを背負ってまで繰り返し密会をしていたのかという点であった。

「ひとつ、見ていただきたいものがあります」

静かな声で壱弥さんが私を呼び寄せる。そして耳元で紡がれた指示通りに、私は鞄の中にあった手帳のページを捲り、それを机の真ん中へと差し出した。

ほとんどが真っ白なままのページに浮かぶ、たったひとつの文字——それは、望さんが書いた美しい「露」の字であった。

「望さんが書かれたこの文字を見た時、私はあるものを思い出したんです」

私は、夕香さんの纏う青緑色の着物を目に映す。

「夕香さんの着物の外袖には、秋を讃える和歌が刺繍《ししゅう》されています」

すると彼女は左の袂を翻し、艶やかに光る刺繍の文字を露《あら》わにさせた。

露ながら折りてかざさむ菊の花老いせぬ秋の久しかるべく
命やは何ぞは露のあだものを逢ふにしかへば惜しからなくに

秋の景色を彩る着物に刺繍された和歌と、望さんが短冊に揮毫した和歌。

その二首はいずれも紀友則の詠んだ典雅な歌で、共通する「露」の筆跡は綺麗に重なり合う。

「あの短冊は、夕香さんのために書かれたものやったんですね」

短冊について、望さんは友人に頼まれて揮毫したものであると話していた。出来上がった短冊のひとつは刺繍に使われたもので、もうひとつは栞那さんが持っていた恋の和歌である。

そこまで告げると、壱弥さんが私の話を継いでいく。

「これは事実から立てたひとつの仮説に過ぎませんが、望さんもまた栞那さんの浮気を疑って、繰り返し彼女の行動を調べてはったんやないでしょうか」

その瞬間、望さんは大きく目を見張った。同時に、栞那さんもまた驚いた様子で目を瞬かせる。

「どういうこと……？　なんで望が私を……？」

その目には大粒の涙が湛えられていて、それを見た望さんは苦い表情で大きく首を横にふった。

「きみのこと、信じてへんかったわけとちゃう。浮気を疑ってたというよりも、きみの行動の変化が気になって、僕には言えへんような重大な秘密を隠してるんちゃうかって気がかりやっただけやねん」

「それで、あなたは夕香さんに短冊を対価として、栞那さんの行動を調査するようにお願いしたんですね。栞那さんと夕香さんに面識がないことを利用して」

だから彼は、栞那さんの尾行をしていた女性もまた同一人物であるという仮説を立てたのだ。

「それは少し違います」

ずっと黙っていた夕香さんが、その言葉を否定した。そしてどこか躊躇いがちに口を開く。

「望と偶然再会したのは六月の初めでした。次に会ったのはその一週間後で、私が彼を誘ったからです。ちょうどこの着物を誂えてた時で、和歌を刺繍するのに望に揮毫してもらえへんか頼もうと思ったんです。その時に、望から奥さんの様子がおかしいっていう相談を受けました」

私たちは彼女の声に耳を傾ける。

「奥さんが隠し事をしてるんちゃうかって望が疑ってるのを知って、私が奥さんの行動を調べるんはどうかって彼に提案しました。短冊は、そのお礼にって望が言うてくれたんです。彼と何回も会ってたんは、情報と短冊のやり取りをするためです」

彼女の供述は先の推理とは真逆のもので、つまり、栞那さんの尾行調査を提案したのは夕香さんであり、短冊は望さんの善意のものであったということだった。

「でも、僕らが会ってるところを見てしまったから、栞那は僕の浮気を疑ってしもたんですよね。最近僕に隠れて外出してたんも、調査のために春瀬さんところに通ってたってことにもなりますし……」

悲しみを込めた表情で望さんは告げる。

しかし、それを否定するように壱弥さんは続けていく。

「話を聞く限り、栞那さんの行動に変化が表れたのは、お二人が再会してから二度目に会うまでの間ということになります。たった一度の出来事だけで浮気を疑うなんて、まずあり得ません。たとえ夫が女性と食事しているところを目撃していたとしても、仕事関係者か知人やって考えるんが自然のことやと思うんです」

それに、普段の栞那さんであれば、嫉妬心から夫を束縛するような一人善がりな人間ではないように思う。

「それなら……なんで僕のことを疑ったんですか」

望さんの言葉に、栞那さんは俯いたまま瞳を濡らし始める。

「――恐らく、栞那さんの心はもっと前からゆっくりと崩れ始めていたんです」

彼女の心を代弁するように、壱弥さんが静かな声で告げた。

望さんの目には哀愁の色が浮かんでいたが、それでもなお壱弥さんを真っ直ぐに見据えたまま、目を逸らそうとはしない。

「栞那さんにとって、穏やかで飾らないあなたの存在が唯一の心の拠り所やったんやと、僕は思います。栞那さんはあなたの夢を心から応援していました。だからこそ、仕事を優先するあなたにも不満をぶつけることなく、ずっと支えようとしてたんじゃないでしょうか」

彼女は、望さんが書家として成長し、活躍する姿を心から喜んでいたのだ。しかし一方で、自分と過ごす時間を犠牲にしていく夫に、少なからず寂しさを感じていたのだろう。

やがて夫婦の時間は薄れ、彼女は唯一の心の拠り所を緩やかに喪失していく。

そして追い打ちをかけるように、その心の隙間を押し広げたもの――それが、楽しそうに言葉を交わす二人の姿だったのだ。

「観月祭の日、あなたは栞那さんの演奏会を見に行くという約束を守りませんでした。それが、彼女の心を決定的に変えてしまったんです」

決して多くはない華やかな舞台を、栞那さんはずっと楽しみにしていたはずだった。その姿を彼が見に来てくれるものだと信じて疑わず、期待に胸を膨らませながら稽古に励んでいたことだろう。

しかし望さんは、父親からの呼び出しを理由にその約束を違《たが》えてしまった。その瞬間、彼女の中で何かが崩れ落ち、ぎこちなくも回っていた歯車を狂わせたのだろう。

はらりと零れる涙を、望さんは手の甲で拭い取った。

「僕はただ、栞那に愛想尽かされてしまうんが怖かったんです。僕は彼女よりも随分と年下やし、何回も断られてやっと一緒になってもらえた立場やから、どうにかして彼女の気持ちを繋ぎとめておかなって必死で……」

頼りない姿を見せて、彼女にがっかりされることだけはしたくない。その一心で、望さんは書家としての活動に打ち込み続けた。書家として成功し、世間から認めてもらうことができればきっと、応援してくれている彼女も喜んでくれるはずだ。そう信じ、ひたむきに努力を続けていたのだろう。

それが彼女の心に寂しさを与え、ゆっくりと歯車を狂わせているとも気付かずに。

望さんは震える手で拳を握りながら、表情を歪ませる。

「でも、それが反対に彼女のことを苦しめてしまってたんですね」

苦しげな声に、栞那さんは小さく首を横にふる。

「望が頑張ってるんはちゃんと分かってたし、これからも応援したいと思ってる。できるなら、望の力になれたらってちゃんと思ってるよ。……でも、やっぱり望が離れていってしまうような気がして寂しかったし、約束を破られるんは悲しかったよ」

遠慮がちに紡がれた言葉に、望さんがはっとしたのが分かった。同時に、涙を滲ませた顔を栞那さんから背けてしまう。

「……そうか。僕はずっと、栞那の優しさに甘えてたんやね」

ごめんね、と雫を落とすようにぽつりと呟かれたその言葉は、静寂に融けていく。

仕事を優先するあまり、望さんは何度も栞那さんとの約束を違えてしまった。しかし、その度に笑って許してくれる彼女に、望さんは心のどこかで甘えてしまっていたのだろう。

大切な仕事なのに自分の我儘《わがまま》は押し通せない。そう思って自身の想いを圧し殺し続けた栞那さんは、結果的に自分の価値を見失い、心を壊してしまったのだ。

本当は寂しかったのだと、もっと素直に思いを伝えることができればよかったのかもしれない。お互いが何を大切にして、何を求めているのか、ゆっくりと話し合うことさえできていれば、想いがすれ違うこともなかったのだろう。

しかし、それは互いが思い合っているからこそできることでもあって、すべての夫婦に共通する解決策ではない。話し合うことで余計に拗《こじ》れてしまうこともあるだろう。

ゆっくりと息を吐き出しながら、望さんは強《したた》かに告げる。

「寂しい思いさせてごめん。でも、僕が栞那のことを大事に思ってるんは絶対に嘘じゃないから、それだけは分かってほしい」

「うん、望が嘘つくの苦手やってことくらい、私が一番分かってるよ」

「……ありがとう」

こくりと頷くと同時に、二人は互いの愛情を確かめるようにぎこちなくも柔らかくほほえみ合う。ようやく夫婦の想いが繋がったことで、元の穏やかな生活を取り戻すことができるのだと思った。

しかし、黙って見守っていたはずの壱弥さんが、唐突に口を開く。

「もうひとつだけ、確認したいことがあります」

湿った空気を切る言葉に、事務所にいた全員が壱弥さんを見やった。

彼はその視線の中心でふっと口角を上げる。そして夕香さんの名を呼ぶと、壱弥さんはゆっくりと立ち上がった。

「確か、お二人が偶然に再会したのは六月の初めだと仰《おっしゃ》いましたね。そして、彼を二度目の食事に誘った理由は、和歌の揮毫を依頼するためだとも」

夕香さんはゆっくりと首肯する。

「ですが、それだけの理由でほんまに直接会う必要があったんでしょうか。それがちょっとだけ引っかかってたんです」

確かに、依頼をすることだけが目的なのであれば、電話やメッセージでのやり取りだけでもじゅうぶんであるはずだ。

それに、望さんが既婚者であることは彼女も知っている。二人きりで食事をするだけでも、時には浮気とみなされてしまうことだってあり得るのだ。そんな軽率な行動を望さんが許容するとはとても思えないのが事実であった。

夕香さんは結んでいた唇をゆっくりと解く。

「私が改めて食事に誘った時、望は一度それを断りました。当然やと思います。でも、どうしても直接話したいことがあるからって、私が強引にお願いしたんです」

だから彼に落ち度はない。そう庇《かば》うように告げる彼女の言葉を聞いて、ようやく先の質問の意味を理解したような気がした。

確証を得た様子で、壱弥さんは口元を和らげる。

「やはり、清原《きよはら》さんは彼にひっそりと想いを寄せてはったんですね」

その言葉に、栞那さんが目を見張った。

「それは、望に対して下心があったってことですか……？」

「そういうことになりますね。ですが、清原さんはその気持ちを彼に伝えるつもりはありませんでした。その証明とも言えるのが、あの短冊なんです」

疑念を抱く栞那さんに、彼は落ち着いた口調で続けていく。

「二枚の短冊のうち、ひとつは着物に刺繍を施すためのもので、秋を讃える歌が書かれていました。そしてもうひとつは恋の歌で、恐らくは望さんに対する想いを断ち切るためのものです。そうではありませんか」

淡々とした壱弥さんの指摘に、夕香さんが静かに息をつく。そしてどこか諦めにも似た表情で、ゆっくりと口を開く。

「……間違いありません。大学卒業後に彼に振られてからも、私はずっと望のことが忘れられませんでした。久しぶりに会った彼が昔と全然変わってへんくて、穏やかで、眩しくて、もう一度彼の優しさに触れたいって思ったんです」

言葉を遮るように、望さんは彼女の名前を呼んだ。しかし、夕香さんは静かに首を横にふってから、続く言葉をゆっくりと紡いでいく。

「春瀬さんの言う通り、もうひとつの短冊は私自身が彼を諦めるためのものです。最後に彼から恋の歌を貰って、自分の気持ちに区切りをつけるつもりでした」

ゆえに、栞那さんが書斎で見つけた端書きには「秋の和歌と恋の和歌」と記されていたのだ。そして、「友」の文字は「紀友則」の和歌であることを示している。

もうひとつ日付とともに記されていた「夕」の文字は、約束の時間帯を表すものではなく、「夕香」さんのことを指していたのだろう。

心に陰りを与えていた蟠《わだかま》りを溶かすように、夕香さんは言葉を落としていく。

「……でも、菊が描かれた秋の着物を見て、露の和歌を選んでくれる望に、やっぱり私は彼のそういうところが好きなんやって思ってしまったんです」

ようやく、話の真意が見えたような気がした。

きっと望さんは彼女の気持ちに気付いていたのだろう。しかし、妻のことを想っているがゆえ、その気持ちに応えることはできない。それでも、彼女の好意を拒絶することをも躊躇ってしまったのだ。過去に一度傷つけてしまった彼女の心を、真っ直ぐな好意を、簡単に踏みにじることはできない。

だからこそ、望さんは彼女の心に気付かないふりをしたまま、変わらず友人として彼女に接し続けた。誰も傷つけたくない。その優しさのせいで困惑し、ずっと苦しみ続けていたのだろう。

「望さんが栞那さんを想う心は嘘ではありません。お二人の気持ちがしっかりと繋がった今、ご夫婦の関係はゆっくりと元通りに戻っていくはずです」

その一方で、夕香さんは自身の想いを諦めなければならない。それは当然の結末であるとも言える。

それならばなぜ、壱弥さんは話を蒸し返すような形で彼女の想いを暴こうとしたのだろう。その疑問を解くように、彼はゆっくりと宥《なだ》めるような声で続けていく。

「ですが、もしこのまま清原さんが自分の気持ちをなかったことにしてしまったら、あなたは疚しい気持ちを抱えたままになってしまうと思うんです」

同時に、その気持ちに気付いていたであろう望さんもまた、心のどこかで自責の念を抱くことにもなりかねない。

だからこそ、壱弥さんはあえてこの話を持ち出したのだ。夫婦の間で拗れる糸を解き、それを繋ぎ直すだけではない。それよりもずっと未来に起こる小さな綻びでさえも、ひとつずつ丁寧に修復していく。

誰の心にも、大きな傷を残さないように。

「この気持ちが、表には出したらあかんもんやってことくらい頭では分かってます。私のせいで望にも望の奥さんに迷惑かけてしまったことも、申し訳ないと思ってます。ほんまにすいませんでした」

深く頭を下げて謝罪する夕香さんに、望さんは静かに口を開く。

「僕のこと好きになってくれてありがとう」

柔らかい声音を聞いて、夕香さんの瞳にうっすらと涙が浮かび上がった。

「……でも僕には栞那がいるから、夕香の気持ちには応えられへん。ごめんな」

「そんなん最初から分かってるし、謝らんとって。それに望に振られた時、心から大切にできる素敵な人に出会えたんやろなって思ってたから」

それが栞那さんであるということは、慈しむような彼の表情からも分かる。

「でも、ありがとう。こんな私の気持ちにも、ちゃんと向き合ってくれて」

その言葉に、もう悲しみの色はない。代わりに浮かぶ笑みとともに瞳に滲んだ雫は、彼女の着物を彩る花にぽつりとしたたり落ちる。

それは叶わなかった恋心を映すように儚く、嫋やかで、負の心を溶かす夜露のようだった。


日没を過ぎた薄明の空に、藍色と橙色《だいだい》が美しく混ざり合っているのが見える。

それぞれに別れを告げてから、私たちは主計さんが待つ部屋へと戻った。予想以上に時間がかかってしまったせいで、随分と暇を持て余していたのだろう。主計さんは机の上に重ねられた本の中から適当なものを取って、のんびりと読書をしながら時間を潰していたようであった。

私たちに気が付いたのか、彼はふわりと顔を上げる。

「おかえり」

「ただいま。急に呼び出したのに待たせて悪かったな」

「ううん、勝手に寛いでたし大丈夫やで。壱弥兄さんって相変わらず、本に関しては雑食なんやね」

そう、彼は戻った私たちに文句を言うわけでもなく、マイペースに積み重ねられた本の顔ぶれについての感想を告げる。

それは片付けをしている時にもいつも思うことで、散らかっていたのは、有名作家の小説本から祖父のものであろう法律に関する専門書、古い詩集や英語で書かれた海外文学まで様々であった。

しかし、彼の手におさめられているのは薄いノートのような冊子で、それが小説や雑誌のような類のものではないことは容易に分かる。

「ちなみに、なに読んではったんですか？」

そう尋ねると、彼は首をかしげた。

「なんやろうね。喩えるなら、ラブレターみたいなもんやろか」

その単語を耳にしたその瞬間、私は驚いて声を上げた。同時に、冷蔵庫からアイスコーヒーを取り出した壱弥さんが彼を睨む。

「ラブレターってなんやねん。ふつうの交換ノートやろ」

「まぁ、壱弥兄さんが姪っ子と交換ノートしてるってことにも衝撃やけど、子供相手にこんな気の利いたこと書けるんやなぁって素直に感心しとってん」

そう言ってページがぱらりと捲られる。

手元を覗き込んでみると、それは自由帳のような無地のノートで、見開きの右側には壱弥さんが、左側には彼の姪である貴依ちゃんが文字やイラストを描いているようであった。

「お前、俺のことなんや思っててんねん」

「なにって、人間寄りの猫？」

その独特な返答に、私は思わず吹きだした。

次には、壱弥さんが眉間に皺を寄せた顔で主計さんからノートを奪い取る。主計さんは少しだけ残念そうに、何もなくなった両手の指を手持無沙汰《てもちぶさた》に動かした。

「面白かったのに」

「見せもんとちゃうねん」

壱弥さんは交換ノートの代わりに、主計さんの手に冷えた林檎ジュースの缶を握らせる。そして私には葡萄《ぶどう》ジュースを差し出した。

「ありがとう」

あぁ、と短く相槌を打つと、壱弥さんは後ろ側からソファーの背に寄り掛かるように腰を下ろし、暗くなった窓の外を見上げる。

「……だいぶ暗《くら》なってしもたな」

「ほんまですね」

「帰るんやったら二人とも車で家まで送ったるけど、どうする？」

普段は素っ気ない猫のような彼の瞳が、今は優しく私を覗き込む。

「それならせっかくですし、どっかで一緒にご飯食べて帰りませんか？」

「それええな。ほっといたらろくなことにならへん人もいてることやし」

「ですよね」

重ねて笑う私たちを見て、壱弥さんは不満げに口先を尖らせる。しかし、事実であるがゆえに強く反論することもできないのだろう。

「ええわな、お前らは素直にもの言えて」

呆れて溜息をつく彼を見て、私はつい先ほどに見たばかりの交換ノートのことを思い出した。

覗き込んだページには、お世辞にも綺麗だとは言えない彼の文字が書かれていた。

それは、秋の音楽会の練習を頑張っているという姪に対して綴られた温かい応援のメッセージで、最後には愛しさを伝えるように「I love your smile.」というシンプルな文言が記されていたのだ。

その言葉が嬉しかったのだろう。「きえもいっくん大好き」という貴依ちゃんの返事を見て、その愛らしさに思わず表情が緩んでしまった。きっとその返事を目にした壱弥さんもまた、同じように笑みを零したことだろう。

そのほほえましいやり取りから、主計さんがラブレターに喩えたことだって理解できる。それくらい素直に気持ちを伝えることができれば、どれだけ幸せなのだろう。そんな子供のような純粋さがあれば、相手もまた真っ直ぐな気持ちを返すことだってできるのかもしれない。

交換ノートを左手に持て余しながら、壱弥さんはアイスコーヒーの缶を傾けた。その背後に広がる澄んだ空には、白く欠けた月が浮かんでいて、窓から注ぐ柔らかい月の光が彼の横顔を照らし出す。

そろそろ庭先の花に、玉のような露が降りる季節だろうと思った。

錦秋に染まる

ふと、秋が来たと思う瞬間がある。

それは、身体《からだ》を表面から冷やすようなひんやりとした空気に触れる朝で、陽が高く昇る頃はまだ幾分かの暖かさを残してはいるけれど、涼しい風や澄んだ青空を見ると、秋の訪れを確かに感じさせる。

そんな日には少し顔を上げ、周囲の景色に秋の色がないかと探してみたくなる。

そして、空を覆う木々の中に色づいた葉を見つけると、誰よりも先に小さな秋をつかまえたような気持ちになって、無意識に心が弾むのだ。

十月。長い夏季休暇を終え、大学が始業してから二週間。午前中の講義を終えた私は、中学からの友人である葵《あおい》とともに北部食堂を目指していた。

週末はふわふわとろとろの北部オムライスが食べられるのだと言って、時々彼女に誘われる。わざわざ敷地を跨《また》いでまで遠くの食堂に行くなんて面倒だとも思うが、実際に足を運べば、北部の安定した美味しさに感動するのもまた事実であった。

葵はいつもと変わらない調子で、誰に彼氏彼女ができたとか、誰が誰を好きだとか、可愛い洋服を買ったとか、そんなとりとめのない話を好き勝手に話している。その肝心の誰が誰なのかがさっぱり分からない私は、軽く相槌を打ちながらさらりと聞き流していた。

手元のスマートフォンを触りながら、葵は私に尋ねかける。

「なぁなぁ、丸太町にあるケーキ屋さん知ってる？」

そう言って差し出されたのは、先日に食べたという可愛らしいフルーツタルトの写真であった。同時に彼女の指先がきらりと輝いたことに気付き、私は思わずそちらに目を滑らせる。そこには、緑から黄色、橙色《だいだい》に移ろう紅葉《もみじ》のような可愛らしいネイルが施されていて、ところどころに飾られるホログラムが、秋の景色を照らす光の華やかさを添えているようであった。

「ケーキも可愛いけど、ネイルも可愛いな」

その瞬間、彼女は嬉しそうに目を煌《きら》めかせた。そしてどこか得意げに私にも見えるように指先を伸ばしてくれる。褒め言葉は快く受け取れる、そういった彼女の素直さが愛しくて、少しだけ羨ましくもあった。

「こういうのって自己満足やけど、誰かに気付いてもらえると嬉しいよね」

葵は眩《まぶ》しくほほえんだあと、私の手元に目を向ける。

「ナラもせっかく可愛いんやから、もっとお洒落《しゃれ》したらええのに。誕生日にあげたブレスレットも、たまにはつけてくれたら嬉しいんやけどなぁ？」

葵は丸い目を瞬《またた》かせながら、こくりと首をかたむけた。

今年の誕生日に葵から貰ったのは、白いマーガレットのような小さな花があしらわれたブレスレットである。華美すぎない優しいデザインで、きっとお洒落に疎い私でも使いやすいようにと考えて選んでくれたのだろう。しかし、普段はお気に入りの腕時計をしているせいで、なかなか身につける機会に恵まれずにいる。

「なんか、可愛すぎてもったいなくて……」

そう苦笑を零すと、葵は何かを閃《ひらめ》いたのかにんまりとした。

「春瀬《はるせ》さんとデートする時とかさ、どう？　普段そういうのつけへんのに、デートの時にだけ急にお洒落してったらドキッとするやん？」

「いや、壱弥《いちや》さんとデートなんかしいひんし」

「とか言うて、一緒にご飯食べたりしてるんやろ？」

「それはデートちゃうもん……！」

慌てる私をからかうかの如く、葵はけらけらと笑う。

確かに、一般的には二人だけで食事に出かけることをそう称することもあるのかもしれない。しかし、壱弥さんの場合は必要最低限の生活を送るために誘い出しているのであって、彼女が言うような特別な意味はないのが現実である。

たまには一緒に出かけたいと思うこともあるのだが、最近の彼は仕事をしていることが多く、大学の後期が始まってからは私自身が忙しくなったこともあって、事務所を訪れる回数もめっきりと減ってしまっていた。

「ええなぁ、ナラは好きな人がいて」

「そやからそういうんちゃうって」

いまだに楽しげに笑う葵に、無性に恥ずかしくなって顔を伏せる。その直後、目の前で信号待ちをしていた男性が何かを落としたことに気が付いた。

舞い散る木の葉のようにふわりと風に乗って、小さなカードのようなそれはゆっくりと地面に滑り落ちる。足元に落ちた小さな紙を拾い上げてみると、深い赤紫色のモミジで作られた可愛らしいしおりであった。見る限り子供が作ったような簡素なもので、経年を物語るように全体が僅かに変色している。

「あの、落としましたよ」

私の声に振り返った男性は、差し出したしおりを見るなり相好を崩した。

年齢は三十を過ぎたくらいだろうか。背が高くしっかりとした体躯とは異なって、細められた垂れ目からも、受ける印象はおっとりとした柔らかさを纏《まと》っている。少しだけ癖のある髪は茶色がかったような綺麗な色をしていて、なんとなく上品な雰囲気を持つ人だと思った。

「ありがとうございます。大事なものなんで助かりました」

「それならよかったです」

しおりを手渡すと、男性は会釈をする。その表情がどこか懐古するようにも見えて不思議に思ってると、私の視線に気が付いたのか、男性ははっとしてしおりを手元の本に挟んだ。

彼が手にしていたのは紅葉が特集された京都の旅行雑誌で、ところどころにはしっかりと付箋が張り付けられている。きっとどこか遠くの土地から京都を訪ねてきたのだろう。訛《なま》りのない言葉の音調や、確かめるように周囲を見回す様子を見ていると、それは容易に想像できる。

ただ、紅葉を観賞するにはまだ随分と早い時分であり、ぱらぱらと開かれる旅行雑誌にどのような意味があるのかは分からない。

信号が青に変わり、私たちはゆっくりと今出川通《いまでがわどおり》を横断する。

「お一人でご旅行ですか？」

「えっと、一人旅っていいますか、妻と娘とは別行動なんです。ただひとつだけ現在進行形で困ってることがありまして……」

「困ってることですか」

神妙に紡がれた言葉を耳に、私たちもまた無意識に身構える。

「はい、今自分がどこにいるのかすら分からないんですよねぇ……」

男性は恥じらうように頭を掻きながらへらりとした口調で告げた。予想外の発言に呆気《あっけ》にとられていると、少し遅れて傍らの葵が小さく吹きだした。

「お兄さん、面白いですね」

「あ、ありがとうございます。褒められたことではないんですけどね」

そう告げると、男性は羞恥心を誤魔化すように更に口元を緩めた。降りてくる手元には、旅行雑誌とともに地図アプリを開いたスマートフォンが握られている。それをもってしても道に迷っているということであれば、彼は相当な方向音痴なのかもしれない。

横断歩道を渡り終え、私たちは北部構内へと続く門の前で足を止める。

「簡単にでもよかったら、ご案内しますよ」

「本当ですか。方向だけでも教えてもらえたら嬉しいです」

かたじけないと言いながら、男性は手元の地図を下げた。覗き込んだ画面にはしっかりと現在地が表示されている。それを頼りに、分かりやすいように実際の方角を手で示しながら東西南北を説明すると、男性の表情が少し明るくなった。

「ありがとうございます。さっき渡った道が今出川通ってところなんですね」

「そうですよー。お兄さんはこれからどこに行くんですか？」

葵が尋ねると、男性は困った様子で首を捻《ひね》りながらうんと考える。やがて最適解を見つけ出したのか、小さく頷きながら旅行雑誌をぱたりと閉じた。

「実は、目的地も探してるところなんですよねぇ……」

「え？」

思わず聞き返すと、彼は眉尻を下げて苦笑する。

「わけあって、子供の頃に行ったことのある場所を探してるんです」

ただ、手掛かりと言えるものは自分の中にうっすらと残る幼少の頃の記憶のみで、それも色づいた紅葉の景色が印象的だったという曖昧なものであるという。

その話を聞いて、ようやく彼があの雑誌を手にしていた理由を理解した。

男性は何かを思いついた様子で私たちを見下ろす。

「この周辺で、おすすめの紅葉スポットってありませんかね」

その言葉に、私はゆっくりと思考を巡らせた。京都市内だけでも有名な紅葉スポットは数え切れないくらい沢山あるが、この周辺でという条件を付加すると数か所程度に絞ることができるだろう。

「有名どころやと、この道真っ直ぐ行ったどんつきに銀閣寺《ぎんかくじ》がありますよ。あとは黒谷《くろだに》の方か、ちょっと離れますけど南禅寺《なんぜんじ》か禅林寺《ぜんりんじ》くらいですかね」

「あ、銀閣寺ならおれでも知ってます」

ありきたりすぎただろうかとも思ったが、京都の人間ではないのであれば、それくらい名の知れた場所の方が過去に訪れている可能性もあると言えるだろう。地図アプリを確認する彼を横目に、葵は明るい声で続けていく。

「有名どころもいいけど、あたしのおすすめは詩仙堂《しせんどう》かなぁ」

「しせんどう……?」

「一乗寺《いちじょうじ》にあるお寺なんですけど、その本に載ってませんかね」

左手に収まる雑誌を示すと、彼ははっとしてぱらぱらとページを捲《めく》った。

葵の言う詩仙堂丈山寺《じょうざんじ》とは、徳川家康の元側近である石川丈山が隠居どころとして造営した草庵である。

「あっ、ありました。庭園が綺麗なところなんですね」

「確か一乗寺駅から徒歩十五分くらいで行けたと思いますよ」

「そうなんですね。色々と見てみないと分からないですし、気になるところから行ってみますね」

詩仙堂のページにしおりを挟み直し、「ありがとうございます」と告げる彼に、葵はふと思い出したように両掌《てのひら》を打ち合わせる。

「そういえばあたしたち、捜し物が得意な人知ってますよ」

彼女の言葉に、私もまたはっとしてその人物の存在を思い出す。

「捜し物が得意な人、ですか」

「はい、知人に捜索専門の探偵がいるんです。よかったらご紹介しましょうか」

想像もしていなかった言葉のせいか、男性は呆気にとられたように目を瞬かせた。

すべての講義を終えた頃には既に空はうっすらと橙色に染まっていて、周囲の学生たちもそれぞれの帰路に就き始めていた。

待ち合わせ時刻は午後四時半。余裕をもって五分前に正門に向かうと、友人たちと楽しそうに談笑する葵の姿があった。彼女の周囲の友人たちは男女を問わず和気藹々《わきあいあい》としており、葵と同じようにお洒落にも流行にも敏感である。

そんなきらきらとした眩しさに気圧《けお》されながら、私は彼女へと声をかけた。

「葵、お待たせ」

「あっ、やっと来た！」

別れの言葉を告げてから友人たちに手を振ると、葵は浮かれた様子で私のもとに駆け寄ってくる。彼女の友人の多さにはいつも驚かされる。これといったサークルにも所属していないはずなのに、どうやって学部を越えた友人を作ることができるのだろうか。

そんな疑問を抱きながら、彼女とともに正門を出る。周囲を見回したところで、吉田神社の鳥居を潜り抜ける男性の姿を見つけた。

「お二人とも、お待たせしましたぁ」

変わらず緩い調子で手を振りながら、男性は想像よりもずっと軽やかな足取りでこちらに向かってくる。左手にはやはり紅葉特集の旅行雑誌が握られていて、彼が無事に戻ったことに安堵の息をついた。

「今更なんですけど、おれの名前もお伝えしてなかったと思うんですよ」

そう言って、彼はジャケットの懐から薄い名刺ケースを取り出す。差し出された小さな名刺を覗き込むと、そこには彼の名前とともに短い肩書が記されていた。

「ちょっと難しいんですけど、苗字が入内島《いなじま》で、名前は義《あき》って読みます」

それによると、彼は神奈川県の病院に勤務する医師であるそうだ。私は貰ったばかりの名刺と目の前の男性を交互に見比べる。

医師と聞いて私が真っ先に思い浮かべるのはやはり貴壱《きいち》さんのことで、そのせいか医師には彼のような硬派な性格の人が多いものだとばかり思っていた。ゆえに、まったくタイプの異なる義さんを見て、少しだけ驚いてしまったのだ。

「お医者さん……なんですね」

「はい、しがない下っ端内科医なんですけどね」

そう苦笑する義さんに、私たちもまたそれぞれに名前を告げた。

話を聞くと、昼休みに私たちと別れてから何とか地図を頼りに詩仙堂まで行くことができたそうだ。そこで整った庭園をしばらく眺めてはいたが、時間を持て余すことになり、そのまま周辺を歩きながらこの場所まで戻って来たという。

「誰かに道を尋ねながらだったら、おれでもなんとか辿り着けるみたいですね」

「それ、ほぼ迷子やないですか……」

「はは、お前は方向音痴だって同僚にもよく言われます」

思わず突っ込みを入れると、彼はふにゃりと笑った。

東大路通《ひがしおおじどおり》沿いの停留所から東山《ひがしやま》方面へ向かう市バスに乗り込み、約束通りに事務所へと向かう。念のため、昼休みが終わる直前に壱弥さんへとメッセージを送ったものの、どうしてか既読はつかないままであった。

東山三条《さんじょう》でバスを降りてから、神宮道《じんぐうみち》を南に歩いていく。

京都の景色が物珍しいのか、義さんは平安神宮《へいあんじんぐう》の大鳥居を見るなり驚いた声を上げ、青蓮院門跡《しょうれんいんもんぜき》を囲む緑を見て自然が綺麗だと感嘆する。その様子を見ていると、もっと彼を色んな場所に案内したいという気持ちが芽生えてくる。

大柄な見た目に反する彼の柔らかい雰囲気のお陰か、人が自然と優しくなれるような不思議な魅力を持っているのだろう。

事務所に到着すると、入り口に掛かる木札が「休業日」を示していることに気付く。定休日でもないことを考えると外出中なのかもしれない。そう思ったものの、格子戸に手をかけると、それは一切の抵抗なく簡単に開いた。

事務所に足を踏み入れた瞬間、ふわりとコーヒーの香りが鼻先を掠《かす》めていく。奥のデスクに目を向けたところで、缶コーヒーを片手に一息をつく壱弥さんと視線が重なった。

「久しぶりやな」

彼は左手を小さく上げる。

「壱弥さん、生きとってよかった」

「なんやそれ」

「やって、メッセージ送ったのに既読つかへんかったし」

「あぁそうか、悪いな。やっと一段落ついたとこやってん」

そう言って手にしていた缶コーヒーを飲み干すと、彼はゆっくりと立ち上がる。そして私から視線を外し、後ろに控えていた二人へと目を向けた。

「客人か」

「あ、あたしもいますよ～」

葵が自己主張するように手を挙げると、壱弥さんはかすかに口元を緩める。

「葵ちゃんも久しぶりやな。ほな、そちらの方が相談者ってわけか」

壱弥さんの言葉を受けて、義さんは控えめに会釈を返す。そして誘導されるままにソファーへと腰を下ろすと、私たちの時と同じように懐の名刺を壱弥さんへと差し出した。

礼を言って、壱弥さんもまた自分の名刺を渡す。

「探偵の春瀬です」

「入内島といいます。突然の訪問をお許しください。お二人に捜索専門の探偵さんがいると伺って、ご相談だけでもと思いまして」

義さんはいくらか声の調子を落とし、丁寧な口調で話す。壱弥さんはしばらく受け取った名刺を興味深く眺めていたが、それを机の端に置いてから本題に入った。

「依頼を受けられるかどうかは分かりませんけど、話聞いて助言するくらいならできるかもしれません」

相談だけなら報酬はとらないと言って、彼は義さんに相談内容を話すようにと促した。義さんは頷いてから口を開く。

「……幼い頃のことはあまり覚えていないんですが、四歳になるまでは京都に住んでいたと聞いてます。おれが捜しているのは、京都での生活の中で唯一記憶に残ってて、母親のもとを離れる直前に訪れた場所なんです」

彼いわく、四歳の誕生日を迎えた頃に母親のもとを離れ、父方の親戚に引き取られることになったという。それ以来、母親には会っていない。父親は彼が幼児期に事故で亡くなっていて、そのせいか父方の両親は母親のことを快くは思っていなかったようであり、自分が親元を離れることになった理由は詳しく教えてもらっていない。

京都のどの辺りに住んでいたのかは明確には分からないが、学生時代からずっと父が住んでいたという場所が、あの大学の近くであったということは聞いている。

私たちにも話した通り、記憶に残るのは赤く染まる景色が印象的だったということだけで、どのような場所なのかもはっきりとしない。ただ、母に手を引かれて歩いていた覚えがあることからも、自宅の近くだったのではないかということであった。

一通りの話を聞いて、壱弥さんはしばらく考え込む。しかしその沈黙も、ほんの数分足らずで破られた。

「ご足労頂いた手前申し訳ないんですが、やはり今回の依頼は受けかねますね」

「え、なんで」

予想外の返答に、私は思わず声を上げた。

壱弥さんは落ち着いた声音で続けていく。

「該当の調査を行うには、いくらか人をあたらな厳しそうですし、今は仕事が立て込んでて時間的な余裕がないんです」

要するに、新規の依頼を受けられないくらい多忙だということなのだろう。

捜索に関する困りごとで、私からの紹介であれば快く引き受けてくれると思っていた自分が浅はかであったことを思い知らされる。壱弥さんも、慈善事業を行っているわけではなくて、探偵業法に基づくビジネスをしているのだ。限られた時間の中で仕事が飽和状態になれば、断らざるを得ないことだってあるだろう。

「申し訳ございません」

義さんに向かって深く頭を下げてから、壱弥さんは続けていく。

「もし何から調べるべきか分からんと困ったはるんやったら、ご自身の出生に関するところから調べてみてはいかがでしょうか」

そう言って、彼は淡くほほえんだ。

「すいません、ここまで来てもらったのに結局進展なしで」

「いえいえ、大丈夫ですよ。ダメ元で捜してるようなものなので」

事務所を後にしてから、私たちは何となく重い足取りで神宮道を歩く。

時刻は午後五時半を回っていて、日没が過ぎた周囲の景色は仄暗《ほのぐら》く、でもぼんやりと明るいような市民薄明の刻を迎えていた。ライトに照らされる大鳥居を前に、元来た道を引き返す。

「でも、やっぱり春瀬さんは麗しかったなぁ」

なんべん見ても飽きひんしかっこええわぁ、と嘆息する葵に、私は苦笑を零した。

彼女が大仰に褒めるほど、壱弥さんは華やかな人ではないように思う。むしろ、見るに堪えない生活を送っているといっても過言ではない。

うっとりとした顔で褒める葵をよそに、義さんは口を開く。

「少し顔色がよくないようにも見えましたけどね」

義さんの言う通り、いつもよりも疲弊しているように感じられたことは確かであった。

それも、多忙であることが関係しているのだろう。だとすれば、お茶のひとつでも淹れるのが正解だったのかもしれない。

私はふと思い出して義さんに尋ねかける。

「義さんはこれからどうしはるんですか？」

「そうですねぇ、元から土日にゆっくりと色んな場所を見て回るつもりだったんで、明日は銀閣寺に行ってみようかなって思ってます」

壱弥さんからの助言を受けて、やはり家族で住んでいた可能性の高い大学周辺をあたってみようと考えているようであった。

ただ、日曜日の夜には神奈川県に戻ることが決まっていて、残された時間はたったの二日間。それに加え、昼間の出来事からも、彼がかなりの方向音痴であることは明白である。たった一人で無事に銀閣寺に辿り着けるものか、はたまた迷子になって無駄な時間を費やしはしないだろうか。そう不安に思っていると、葵が躊躇《ためら》うことなく告げる。

「じゃあ、あたしたちが銀閣寺も案内しますよ」

彼女の明るい声に、義さんは少し驚いた顔を見せた。そしてどこか困った様子で眉尻を下げる。

「話はありがたいんですけど、大学生の貴重な時間を奪うのは気が引けるというか……」

「一日中捜し回るわけちゃいますし、大丈夫ですよ」

「あたしら、ゼミも週明けちゃうしね」

二人で顔を見合わせて頷き合ったあと、私は静かに続けていく。

「それに、袖振り合うも他生の縁、って言いますから」

その言葉が表すように、些細でも一度かかわりを持ってしまったことを、なかったことにはできない。ここで身を引いてしまっては、きっと後悔することになるだろう。

義さんは足を止め、真剣なまなざしで私たちを見る。そして深々と頭を下げた。

○

ぱらぱらと空から降り注ぐ雨に、街が濡れている。

白く煙るように曇った視界と、傘を叩く軽快な雨音が響く中で、濡れた土と雨の匂いが混ざり合い、地で跳ね返る水滴が緩やかに足先を濡らしていく。そういった長雨の日には、小さな傘の中に閉じ込められたような感覚を抱くことがあった。

気分がふさがるというほどではないが、雨を見ると火種のような不安が胸の奥で燻《くすぶ》り、ふと彼のことを思い出しては案じてしまう。そんな日々が続いていた。

雨に滲む真黒石《まぐろいし》の参道を歩きながら、私は傘の外の世界を覗き見る。そこには銀閣寺へと続く総門があって、傍らには「東山慈照寺《とうざんじしょうじ》」と書かれた木製の額が掲げられている。それが銀閣寺の正式名称らしい。

総門を潜り抜けたその先には、銀閣寺垣と呼ばれる三層構造の生垣が真っ直ぐに延びている。綺麗に刈り込まれた椿の垣根を眺めながら参道を進んでいくと、隣を歩いていた義さんが不意に私を見下ろした。

「考えごと？」

彼の言葉に、私はぼんやりとしていたことを自覚して大きく首をふる。

「いえ、せっかくの休日やのにまた雨かぁって考えてて」

そう当たり障りなく答えると、義さんは柔らかくほほえんだ。

「確かに雨なのは残念ですけど、濡れた日本庭園もまた晴れの日とは違う趣《おもむき》があって、おれは好きですよ」

彼の言う通り、濡れた庭園にはしっとりとした趣がある。恵みを受けて鮮やかさを増した緑や、艶やかに光る庭石、そして雨音が際立てる和の静寂。どれをとっても、庭園の美を引き立てるものなのである。

「雨ってだけで人も少ないしね。苔の庭園とかも雨の方が綺麗やろなぁ」

彼の言葉に付け足すように、葵が朗らかに言った。

銀閣寺垣を通り過ぎた中門前で受付を済ませ、順路に倣って歩いていくと、開けた視界の先には白砂の庭園が広がっていた。

真っ先に目に飛び込んでくるものは、向月台《こうげつだい》と呼ばれる円錐台形の盛砂で、その向こう側には白砂を波状に盛り上げた銀沙灘《ぎんしゃだん》が作られている。俗説では、向月台の上に座って東山に上る月を待ち、銀沙灘は月光を反射させて本堂を照らすためのものであると言われているそうだ。

そこから方丈の前に回り込むと、それらを挟んだ先に銀閣と呼ばれる観音殿が見える。荘厳な雰囲気の銀閣と広がる白砂の庭園を重ねた景色は、美しいコントラストが魅力的で、晴れた日には青空が映えていっそう美しいのだろうと思った。

東側にある池の間を順路通りに歩き進めていくと、山道へと続く石段が姿を見せる。池や石段の周囲には雨水を吸って重厚さを増した苔が青々としていて、一面の緑の中にはまだ青いままのモミジが屹立し、空を隠すように茂っている。そのしっとりと濡れた景色を見ていると、池の水面《みなも》を揺らす雨粒でさえもどこか趣があるように感じられた。

それから山道を静かに進み、頂上にある開けた展望所に到着したところで、私たちは足を止めた。

目の前には、先ほど見たばかりの庭園と京都の街が広がっている。

「すごい、銀閣も庭園も全部見えるんやね」

「うん、そうやな」

「こういうところって京都に住んでたらあんまり来《き》いひんけど、改めて見るとやっぱりええところやなぁって思うよね」

感嘆する葵の言葉に、私は静かに頷いた。

街の景色や遠くの山は生憎《あいにく》の天候によって白く霞んでしまってはいるものの、豊かな緑に映える白砂と銀閣がはっきりと見渡せる。ただ、紅葉の見頃には随分と早い季節であるためか、緑の葉はごく一部が色づく程度に留まっている。

隣を見ると、義さんが景色を真っ直ぐに捉えたまま、懐古するように淡く目を細めていた。その表情には悲しみにも似た色が浮かんでいる。

何か思い出すことでもあったのだろうか。そんな小さな疑問を抱きながら、私は口を開く。

「ここはどうですか？」

そう尋ねると、彼は目の前の景色から視線を外し、私を見やった。

「そうですね……なんというか、覚えている景色はもう少し開けた場所だったと思うんです。その日は少し薄暗い天気だったんですが、それでも全体を包み込むようなオレンジがかった赤色が印象的で……」

確かに、銀閣寺の紅葉はどちらかというとわびさびの精神を映したような素朴な美しさを秘めるものであり、四方が彩られるほど華美なものではない。彼の言葉はどこか曖昧ではっきりとしないものではあったが、幼少の記憶に重ねてみると、何かしらの違和感が生じるということなのだろう。

「つまり、はずれってことかぁ」

がっくりと肩を落とす葵に、義さんは再び目を細め柔らかくほほえんだ。そして雨粒のついた展望所の手すりに手を添わせると、再び遠くの景色に目を向ける。やはり、その瞳には悲哀の色がちらついていた。

ひんやりとした風が、握る傘をふわりと扇《あお》ぐ。

「記憶の場所とは違うけど、有名な観光スポットに来られて、おれは楽しいですよ」

「それならよかったです」

ありがとう、と言って傘の柄を握り直すと、義さんは静かに石段を下り始める。

その背中を追いかけていると、彼の悲しげな表情がよみがえった。

哲学の道は、若王子《にゃくおうじ》神社から銀閣寺付近までの琵琶湖疏水分線に沿う散策路で、大正時代に活躍した哲学者たちが散歩をしたことから名づけられたという。南北に続くそれは約二キロメートルにも渡り、春の桜はもちろん、秋には小路を彩る紅葉や風情あふれる散《ち》り紅葉《もみじ》を楽しむことができる人気の観光名所である。

義さんの話によると、午後四時前に祇園《ぎおん》にあるお店でご家族と待ち合わせをしているようで、彼の予定に合わせるように、私たちはゆっくりと哲学の道を歩きながら南禅寺へと向かうことを選択した。

雨は変わらず降り続き、木から滴り落ちる雫が雨音とともに音楽のようにテンポよく傘を鳴らしていく。その静かな音を聞きながら、私は先の疑問を考え直した。

どうして義さんは京都の街を見つめながら悲しい顔をしていたのだろう。どうして今になって、子供の頃の記憶を辿ろうと思ったのだろう。その理由が、あの悲しげな表情と繋がっているような気がしてならない。

彼の無意識的な言動の中に、何らかのヒントを見つけ出すことはできないだろうか。

「どうしたの？」

唐突に尋ねられ、私ははっとして顔を上げた。そこには不思議そうな顔で私を見る義さんがいる。

「……あの、ひとつ聞きたいことがあるんですけど」

「はい、なんでしょうか？」

意を決して言葉をかけると、彼は優しい声で尋ね返してくれる。その温かさに後押しされて、私は抱いていた疑問を彼にぶつけることにした。

「なんで、義さんは紅葉スポットを探すのにこの時期を選んだんですか？」

傘の陰から彼を見上げながら尋ねると、義さんは何かを考えるように僅かに首をかたむける。もしかすると、特別な理由などはなく、ただこの時期にしか仕事の休みが取れなかったというだけなのかもしれない。

そう考えていると、葵が当然のように返答する。

「そんなん、紅葉シーズンにゆっくりと京都を見て回るなんて無謀やからやろ?」

「でも、義さんは大人になってから京都観光に来たことないんですよね」

私の言葉に、義さんはゆっくりと首肯する。

「それやったら、十一月の京都がどれだけ混雑してるかなんて想像できひんと思うねん」

そう言って義さんを見ると、彼はきまりが悪そうに苦笑する。そして少しだけ恥ずかしげに口を開いた。

「おれ、誕生日が十月の中旬なんです。昨日も話したと思うんですけど、父方の親戚に引き取られたのが四歳の誕生日を迎えてすぐのことだって聞いてますし、だとしたら十月の中旬か、遅くても下旬くらいの話なんですよ」

だから、当時の記憶に合わせてこの季節を選んだというのだ。それなのに、記憶に残るのは色づいたモミジの景色で、その両者が正しいのであれば明らかな矛盾が生じることになる。

十月下旬までに紅葉が見頃を迎える場所といえば、どこが候補に上がるのだろうか。

簡単には答えを見つけられない問題に頭を悩ませていると、沈黙を破るように義さんが口を開く。

「手掛かりになるかは分かんないんですけど、ここに来てからひとつだけ思い出したことがあるんです」

記憶を想起するように、義さんは視線を空に遊ばせながらゆったりとした口調で続けていく。

話によると、ふと思い出したのは、母親に手を引かれながらゆっくりと踏みしめるように石段を上ったということであった。そして、錦のように色づく景色の中で、母親は幼い息子に向かって悲しげに何かを呟いた。ただ、その時の言葉も声も、母親の顔でさえも、すべてに靄《もや》がかかってしまったかのように鮮明には思い出せない。

あの時、母親は彼にどんな言葉をかけたのだろう。どうして、息子を手放す前にその場所を訪れたのだろう。そして、十月なのに錦秋に染まる記憶という矛盾は、どのように解けばよいのだろう。

まだ青さが目立つ木々の下を潜り抜けながら、私は思索に耽った。

朝から降り続いていた雨もようやく止《や》んで、雲間からはうっすらと光が差し込み、雨粒のついた木々の葉をきらきらと照らしていた。眩しく零れる光の雫は、濡れた地面をまだらに映し出す。

哲学の道から南禅寺まで王道の観光地を巡ったあと、神宮道の途中で二人と別れ、私は一人で探偵事務所を目指していた。

彼が変わらず仕事に追われているのであれば、少しでも疲れを癒せるようにお茶を淹れても迷惑にはならないだろう。

そんなことを考えながら歩いていると、前方からこちらに向かってくる車に気付く。その車は以前にも見た覚えのある水色のコンパクトカーで、あっと思った時には車は事務所の前で停止し、私もまた足を止めた。

エンジン音が消えて、間もなく運転席の扉が静かに開く。

ふわりと揺れる長い髪を前に、どうしてか足が動かない。今すぐここから逃げ出したいはずなのに、逃げ出してしまっては不自然だと心が揺れる。

後部座席に載せていたトートバッグを下ろした彼女は、車の扉をきっちりと閉めると、私の存在に気が付いたのか表情を明るくした。

「ナラちゃん、こんにちは」

手を振る彼女に、私は控えめに会釈を返す。

彼女もまた理由があって事務所を訪問するつもりなのだろう。それが彼の仕事に関することであるのか、はたまたプライベートのことであるのか、思考を巡らせたところで到底解ける謎ではない。

それに、彼女が私のことを知っている理由ですらも分からないのだ。考えるだけ時間の無駄だろう。

私はゆっくりと覚悟を決める。

「あの、なんで私のことを知ってはるんですか……？」

「あっ、そっか。ナラちゃんは私のこと知ってるわけないもんな」

ごめんね、と彼女は申し訳なさそうな表情で謝罪した。そして私を誘導するように事務所へ向かって歩き出す。

「貴壱くんのことは知ってるよな？」

「……はい」

「私、貴壱くんの妻やねん。なんか、変な関係やって勘違いさせとったらごめんな」

あまりの衝撃に、私は目を大きく見張った。同時に、疚《やま》しい関係である可能性を否定され、心の内が読まれていたような恥ずかしさを抱く。

「貴壱さんの……ってことは、壱弥さんのお義姉さん!?」

「そうやで。梨依子《りえこ》って呼んでな。この前会った時にちゃんと話しとけばよかったね」

そう彼女はもう一度謝罪の言葉を告げた。

思えば、貴壱さんですら顔を合わせるのは年に数回程度で、それも本当に偶然会うくらいであり、数か月前までは彼が結婚している事実さえも知らなかったのだ。ましてや、彼の配偶者がどのような人物であるのかなんて知る由もない。

貴壱さんの妻――つまり貴依《きえ》ちゃんの母親でもある彼女は、決して目立つような容姿ではないものの、華奢《きゃしゃ》な身体と大きな瞳が印象的な可愛らしさのある女性である。後ろで纏められた長い髪と、落ち着いた調子の声が、自分にはないような大人っぽい雰囲気を持っている。

「……すいません。私が勝手に勘違いしてて」

「まぁ、壱弥くん女癖悪そうに見えるもんなぁ。実際はそうでもないみたいやけど」

確かに、彼のように整った容貌の男性であれば、近付く女性が多いことは想像に難くない。それを無条件に受け入れるかどうかの問題で、面倒ごとを嫌う壱弥さんであれば、そういったものをあえて避けている可能性もじゅうぶんに考えられる。

ただ、過去の発言を顧《かえり》みれば、まったくの無実であるとも言い難いのだが。

梨依子さんは事務所の入り口を開けると、中に入るようにと手招く。

「ナラちゃんは壱弥くんに用事？」

「はい。ちょっと相談したいことがあって」

「そうなんや、意外と頼りにされてるんやね」

彼女の笑顔が貴依ちゃんとよく似ていると思った時、事務所に壱弥さんの姿が見えないことに気付く。この時間であればまだ黙々と仕事をしているものだと思っていたが、もしかすると束の間の休息をとっているのかもしれない。

同じことを考えたのか、梨依子さんはそのまま部屋へと続く扉に手をかける。その後を追って短い廊下を進み、部屋に入ったところで、黒いソファーの上に倒れ込むようにして埋もれる壱弥さんの姿を発見した。

うつ伏せになっているせいで顔は見えないものの、いつもと同じように眠り込んでしまっているのだろうと思った。

「壱弥さん、起きて」

そう、私は彼の背中を揺らす。しかし、一向に目覚める気配はない。

「なぁ、壱弥さん。聞きたいことあんねん」

何度も繰り返し背中を揺さぶっていると、ようやくもぞもぞと身体が動き、小さな唸《うな》り声を上げた。そしてごろりと横向きに寝返りをうつと、手で目元を覆い隠す。

ちらりと見えた顔色は少し赤みを帯びており、繰り返す呼吸は少し速い。

その様子に違和感があったのか、梨依子さんが壱弥さんのそばで膝を折った。

「壱弥くん、具合悪いん？」

その言葉に私は驚いた。壱弥さんは目を閉じたまま、消え入りそうなほどのか細い声で返事をする。

「……まぁ、ぼちぼちしんどい」

「ごめんな、ちょっとだけ触るよ」

ひたりと彼の額に自身の指先をおし当てると、梨依子さんは困ったような顔を見せた。

「熱……結構ありそうやね。寝室まで歩けそう？」

梨依子さんの静かな声に、壱弥さんはうっすらと目を開く。しかし、熱の影響なのか琥珀色の瞳はどこか虚《うつ》ろで、何を捉えているのかはいまひとつはっきりとしない。

「ベッドに寝かせてくるから、ナラちゃんはそこで待ってて」

「分かりました」

梨依子さんが手を差し伸べると、壱弥さんは重い身体に力を込めて、彼女の手を支えにゆっくりと起き上がる。そのまま、梨依子さんの手を借りて寝室まで歩いていく二人の背中を、私はただ茫然としながら見送った。

それから、梨依子さんに頼まれて冷蔵庫から取り出した水を届けると、彼女はそれを壱弥さんに渡す。壱弥さんは薬を飲んだあと、安心したのかそのままベッドに倒れ込み、次には穏やかな寝息をたて始めた。

「壱弥さん、大丈夫そうですか……?」

「うん、ただの風邪っぽい感じやし大丈夫やと思うで。壱弥くん、毎年この時期になると体調崩しやすくてな」

それは季節の変わり目で、朝晩の気温差が大きいことにも関係しているのだろうか。それとも、降り続く長雨が原因なのだろうか。

私たちは部屋に戻り、先ほどまで壱弥さんが眠り込んでいたソファーへと座った。

「せっかく来てくれたのに、ごめんな」

「いえ……貴壱さんは、お仕事なんですか？」

「そうやねん。今日は日直で」

そのため、彼に代わって梨依子さんが事務所を訪問し、作り置きされた数日分の食事を届けに来たらしい。彼女が持ち込んだトートバッグはそのまま部屋の入り口に置き去りにされている。

「壱弥くんも貴壱くんと一緒で我慢強いっていうか、変なところで遠慮するんよね。体調悪かったら連絡くらいしてきてくれたらええのにな」

家族なのに、と少し呆れた様子で梨依子さんは深く息をつく。

壱弥さんのことなのだ。きっと大切な家族だからこそ、迷惑をかけたくないと思って黙っていたのだろう。

「……やっぱり、二人ってよく似てますか？」

「うーん、どうやろなぁ。ざっくり言うたら、犬と猫くらいちゃう気はするけど」

そう、梨依子さんは首をかしげた。

いわく、貴壱さんは義理堅くご主人様の言いつけを忠実に守る犬のようで、壱弥さんは気まぐれで掴みどころのない自由奔放な猫に似ている。それを聞いて、言い得て妙だと笑ってしまった。

それでも、心から優しいところはよく似ているのではないだろうか。

彼らは決して人を傷つけるようなことはしない。それどころか困っている人を放っておけないような性質《たち》で、貴壱さんに関しては断言できないものの、人と向き合う真摯な態度や言葉の優しさからもそうではないのかと想像できる。壱弥さんに関しては論じる必要もないくらい、過去の依頼を通してその温かさを何度も目にしてきたのだ。

彼らのことを思うと、私は無意識にその優しさに甘えてきたのだろうと思う。

「大丈夫……？」

そう尋ねられ、自分が今にも泣きそうな顔をしていることに気が付いた。それを誤魔化すように顔を伏せ、少し大袈裟《おおげさ》に頷いてみせる。

「私、いつも壱弥さんの優しさに甘えてました。壱弥さんやったら嫌な顔せんと助けてくれるやろうって、私が勝手なことばっかりしてたから……」

ここ最近の壱弥さんを見ていると、時々具合が悪そうにしていたことも知っている。本当はもっと以前から体調が優れないことも多かったはずなのに、私の我儘《わがまま》に付き合うために無理をしていたのではないか。そのせいで限界が来て、体調を崩してしまったのかもしれない。

考えれば考えるほど、どんどんと嫌な感情が膨らんでいく。

顔を上げられないまま黙り込んでいると、梨依子さんが温かい手を私の背中に添えた。

「ナラちゃん、もう今日は帰ろか。家まで送ってあげるから、壱弥くんのことは私に任せてゆっくり休んで」

優しい声で告げられた言葉に、私は静かに頷いた。

○

翌朝。起床後に送ったメッセージにも既読がつかず、不安を拭いきれずにいた私は、義さんとの待ち合わせの前に自転車を走らせて事務所へと向かった。

いまひとつぱっとしない空模様ではあったが、昨日とは異なってなんとか雨は降らずにいる。朝の情報番組で流れていた天気予報によると、午後から緩やかに雲は晴れ、夕暮れ時には青空を取り戻すということであった。

白川通《しらかわどおり》を下がり、岡崎界隈を抜けて神宮道に入ると、間もなく岡崎のシンボルでもある大鳥居を過ぎる。そこから人気《ひとけ》のない道を進み、事務所に到着したところで入り口の前にしゃがみ込む小さな人影を発見した。

一人ぽつねんとして座る少女の手にはスケッチブックと色鉛筆が握られていて、退屈を凌いだ結果なのか、キャンバスには河童の絵が量産されている。

耳の下でふたつに結わえた癖のない茶色の髪は、肩から胸元に真っ直ぐに落ちており、彼女が口遊《くちずさ》む軽やかな絵描き歌に合わせてさらさらと揺れていた。

「貴依ちゃん？」

顔を上げ私を見つけたその瞬間、ぱっと花が咲いたように笑顔が弾けとんだ。

「ナラお姉ちゃん！　久しぶり！」

勢いよく立ち上がった貴依ちゃんは、スケッチブックを放り出し、嬉々として私の懐に飛び込んでくる。その小さな頭を優しく撫でると、貴依ちゃんは嬉しそうに私を見上げながらにんまりと笑った。

彼女の人懐っこさを前にすると、どんよりとしていた暗い心も柔らかく解《ほぐ》れ、自然と口元が緩む。

「なぁお姉ちゃん、貴依とあそぼ」

そう私の服の裾を握り締めながら、貴依ちゃんはうっすらと緑がかった綺麗な瞳で私を覗き込んだ。その無垢な表情に思わず頷きそうになるのをぐっと堪え、私は静かに首を横にふる。

「ごめんね。壱弥さんに用事があって寄っただけやし、このあと大事な約束があるから一緒に遊べへんねん」

「お姉ちゃん、いっくんに用事あるん？　いっくんはパパと一緒にびょういんに行ったから一週間くらい帰ってきいひんって、ママが言うてたで」

「えっ」

それを耳にした瞬間、私は思わず声を上げた。私の反応を見てなのか、貴依ちゃんは浮かない表情で俯いてしまう。

昨日の高熱が原因で病院を受診しているというのならまだ理解はできる。むしろ、そうしてもらった方が安心だとも言える状況だろう。

しかし、受診をするだけなら丸一日もかからないはずで、彼女の言うことが事実なら、壱弥さんの体調は想像よりもずっと深刻なものであるということになる。

「一週間って、なんで……？」

「しらん。びょういんに行くって言うてただけやし分からへん。いっくん、貴依と一緒に海遊館に行く約束してたのに、嘘つきやもん」

ジンベエザメが見たかったのだと、彼女は口先を尖らせながら大きな瞳に溜めた涙を必死で堪える。その言葉を聞いて、私はようやく彼女が現実を受け入れられず、この事務所の前で留まっていたのだと悟った。

きっと壱弥さんと二人で出かけられることを心から楽しみにしていたのだろう。それを何の前触れもなく反故《ほご》にされてしまったのなら、悲しむのも無理はない。

気の利いた言葉を探す私をよそに、貴依ちゃんは放り投げたスケッチブックを拾い上げる。

「ナラお姉ちゃん、貴依と一緒にかえろ」

そう彼女にぎゅっと手を握られ、私は狼狽《うろた》えた。

確かに、幼い少女をたった一人で自宅まで帰らせるのは気が引けることでもある。ここまで一人で来ることができたとはいえ、帰り道が安全である保障はどこにもない。

「うん、ええよ。家まで一緒に帰ろっか」

「ほんまに？」

ゆっくりと頷いたところで、貴依ちゃんが何かに気が付いた様子で遠くを見やる。振り返ると、昨日にも見た水色の車が事務所の前で停止したところであった。

「あ、ママや！」

車から降りる梨依子さんの姿を見つけ、貴依ちゃんは吸い寄せられるように彼女のもとへと走っていく。その身体を柔らかく抱き止めると、梨依子さんは少しだけ安心した様子を見せた。

「貴依、いっくんおった？」

「ううん、いいひんかった」

「そうやろ。二人とも今日は帰ってきいひんって言うたやろ」

「でも貴依、いっくんと約束したもん……」

いまだに現実を受け止めきれないというように、貴依ちゃんは弱々しく声を落とす。その様子を見かねた梨依子さんは、彼女の前で静かに膝を折った。そして、しっかりと目線を合わせながら優しく諭すように告げる。

「男に約束破られた時はな、あとできっちり倍にして埋め合わせしてもらったらええんやからね。こんなところで悲しんでてもどうにもならへんし、時間の無駄やろ？」

「うん、ひとりで暇やった」

「ほな、パパには内緒でパフェ食べに行くで」

「パフェ！　たべたい！」

先ほどまでの表情が一変して、貴依ちゃんは目を輝かせながら梨依子さんへと抱き着いた。その頭を優しく撫でながら、彼女は佇《たたず》む私に視線を向ける。

「ナラちゃんも、壱弥くんのことが心配で来てくれたんやね」

「……はい。でも、一週間くらい帰らへんって貴依ちゃんから聞きました」

その瞬間、梨依子さんは気まずさを露《あら》わにした。私は続けていく。

「お二人がどこに行かはったんか、梨依子さんはご存じなんですか？」

「うん、急用で兵庫の実家に帰ってるだけなんやけど……」

とは言うものの、どこか核心を濁したような言葉に、私は少しの疑問を抱く。

彼女の言葉と貴依ちゃんの証言を合わせれば、二人は実家の近くにある病院に行ったと考えるのが妥当なのだろう。ただ、壱弥さんが受診をするだけなのであれば、わざわざ兵庫県にまで足を運ぶ理由が分からない。

それに、壱弥さんは伯父母とは距離を置いてしまっていて、もう何年も会っていないのだと話していたはずだ。

静かに考え込んでいると、梨依子さんが沈黙を破る。

「ごめんね。ほんまはナラちゃんのもやもやした気持ち、晴らしてあげたいんやけど、壱弥くんに口止めされてるから詳しいことは話せへんねん。でも、多分ナラちゃんが思ってるほど悪いことじゃないから安心してな」

口止め、ということはつまり、一連の出来事の中に、彼が私に隠したいと思う事柄が含まれているということなのだろう。だとすれば、彼の抱く感情をないがしろにしてまで問い詰めることが正しいとは思えない。

「……分かりました」

ありがとうございます、と告げてから、私は梨依子さんに小さく頭を下げる。そして停めていた自転車に乗って、ゆっくりと大学へ向かった。

約束の時刻より少し早めに大学に到着し、自転車を置いてから北門に行くと、白いシャツに紺色のジャケットという整った身形をした義さんが立っていた。やはり、柔らかい雰囲気と落ち着いた立ち振る舞いのせいか、どことなく上品な印象を受ける。

短く音を立てるスマートフォンを鞄から取り出すと、葵から三十分ほど遅れるという旨の連絡が入っていた。このまま立ち話で時間を費やすのも収まりが悪いため、私たちは近くにあるカフェで葵が到着するのを待つことにした。

今出川通を渡り、少しだけ東に向かった場所にある古いカフェは、可愛らしい三角形の看板とケーキのイラストが印象的で、白壁に茶色いレンガで縁取られた入り口が柔らかい雰囲気を纏《まと》っていた。

店内に入ると、そこには大小様々な形をした木のテーブルと椅子が並んでいて、私たちは少し広めの四角いテーブル席を選んだ。

向かい合う形で席に着くと、義さんが私にほほえみかける。

「よかったら、なんでも好きなもの頼んでください。お礼になるとは思わないですけど、せめてもの気持ちです」

「いいんですか……？」

「うん。おれもお昼ご飯と何か飲み物でも頼みますから、それと一緒に」

その言葉に甘え、私はメニューからパウンドケーキとストロベリーミルクを、義さんはオムライスに合わせ温かいコーヒーを注文した。離れていく店員の背中を見送ってから、彼はもう一度私に視線を滑らせる。

「……少し元気がないみたいですけど、大丈夫？」

そう心の内を覗き込むように尋ねられ、私はどきりとした。

「何か心配ごとですか？」

「いえ……」

思わず否定をしたものの、注がれる義さんの視線を前に、私はここに来るまでに起こった出来事を思い出す。同時に、義さんを目の前にして別のことに意識が逸れてしまっていたことを反省した。

「すいません、ちょっと考えごとしてて……」

「そうですか。思うことがあったら、遠慮せずに言ってくださいね」

穏やかに紡がれる彼の優しい言葉を聞いて、自分が捜しものの手伝いをしていたことを改めて自覚する。彼は、私がそれに対して何らかの不満を抱えていると思ってしまったのかもしれない。

私は顔を上げる。

「あの……捜してる場所とは関係ないことなんですけど、ひとつだけ義さんに聞きたいと思うことがあるんです。でも、もしかしたら嫌な気持ちにさせてしまうかもしれへんくて」

付きまとう後ろめたさから目を伏せると、義さんは暗い空気を打ち払うように少しばかり明るい声で口を開く。

「大丈夫ですよ。それでナラさんの心配ごとが少しでも晴れるんだったら、喜んで協力します。どうしても答えにくいことなら、正直に言いますから」

真っ直ぐに向けられる彼の涼しい目と、壱弥さんの面影が少しだけ重なったような気がした。

私は膝の上で拳を握りながら、静かに頷く義さんに向かってゆっくりと言葉を紡いでいく。

「……知人に、義さんと同じように子供の頃に親元を離れて伯父母に育てられたって人がいるんです」

それはもちろん壱弥さんのことだ。ただ、今は彼のことを思い出すと余計な不安ばかりが募り、押し潰されるように胸がぎゅっと痛む。

「でもその人は、もう何年も伯父母と会ってへんみたいなんです。子供の頃からずっと一緒に暮らしてきた育ての親のはずやのに、大人になってから会うのが気まずくなることってあるんでしょうか」

その曖昧な質問に、義さんは困ったように眉を寄せた。

「そうですねぇ……例えば、両親との思い出が強く残ってるとか、伯父母の受け入れ状況が悪かったとか、そういう状況次第で変わることだとは思います。他にも、何か疚しい出来事があれば会うのが気まずいって思うことはあるかもしれませんね」

要するに、親元を離れた年齢や状況を第一に、受け入れ先の人的環境や本人の性格が大きく関係するということなのだろう。

壱弥さんの場合、無意識に働く防衛機制によって両親の記憶はほとんどが意識の奥へと追いやられ、思い出すことができなくなっていると聞いている。それに、伯父母との関係も決して悪いものではないはずなのだ。

だとすれば過去に壱弥さんが話していた通り、優秀な兄と自分を比べて不甲斐なさを感じ、それが伯父母に対する疚しさに繋がっていると考えるのが自然なのだろう。それならやはり、唐突に実家に帰省した彼の行動はあまりにも不自然で、気がかりなものになる。

そもそも、壱弥さんが望んで実家に帰ったのかさえも分からないのだ。体調不良が原因なのだとしたら、やむを得ず貴壱さんが連れ出した可能性だって考えられる。

私は余計な思考をかき消すように、頭をふった。

どれだけ考えを巡らせたところで、結論が出ないことは分かっている。

それでも、大事なことはいつも私には話してくれない――その事実が私の心を揺るがす最大の要因となっていることは事実で、その波立った心を落ち着かせるためには、推測を重ねることしかできない。

「……義さんは、会うのが気まずいとか、そんなふうに思ったことはありますか？」

私が尋ねると、義さんはそれを否定した。

「おれの場合、かなり幼い頃に親元を離れてますし、育ての親が本当の親みたいな存在だったんで、会うこと自体が気まずいって思うことはないですね。ただ、父方の教育方針からもかなり厳しい環境で育てられたので、出来が悪かったら見捨てられるんじゃないかっていう不安はあったと思います」

しかしそれも子供の頃の話であり、今は夫婦ともに良好な関係を築けていて、一人娘のことも孫のように可愛がってくれている。そう義さんは小さく笑った。

もしかすると、壱弥さんもまたそういった圧力を感じながら育ち、ずっと逃れられない不安感に苛《さいな》まれていたのかもしれない。

近くでからりと氷のぶつかる音がした。

はっとして顔を上げると、注文していた軽食と飲み物がテーブルに届けられる。店員に軽く会釈を返すと、義さんは正面に座る私に視線を戻した。

「温かいうちにいただきましょうか」

彼の言葉にゆっくりと頷いてから、私は手元のストロベリーミルクにストローを挿す。そしてシロップをかき混ぜてから一口含むと、キャンディーのような甘さが口の中に広がって、先ほどまでの緊張を緩やかに解いていった。

しっとりとしたかぼちゃのパウンドケーキにフォークを通したところで、静かにコーヒーを嗜《たしな》む義さんの背後に人影が映る。

「二人ともお待たせ～」

そう言って私の隣に滑り込んできたのは、いつもと同じ少し大きめのトートバッグを抱えた葵であった。彼女はメニューを手に取ると、流れるように店員を呼んでソーダフロートを注文する。

いつものことながら、彼女のさっぱりとした明るい性格は少しだけ羨ましく思う。彼女が姿を見せただけで、どんよりとしていた空気が一気に晴れたような気がした。

「そういや、お稽古は大丈夫やったん？」

メニューを閉じる葵に尋ねると、彼女は相槌を打ってからいたずらっぽく笑う。

「ほんまはお稽古の予定やったんやけど、ゼミの準備で忙しいから大学に行かせて〜ってお願いしてきてん」

お稽古もさぼれて、真面目に課題に取り組む学生も装えて、一石二鳥なのだ。と、ぺろりと舌先を突き出しながらおどける葵に、義さんは小さく笑った。そして、不思議そうに目を瞬かせる。

「お稽古って、何をされてるんですか？」

「あ、うち茶道一家なんですよ」

茶屋の孫娘でもある葵は幼い頃から茶道を嗜んでいて、その稽古は大学生になった今でも続けている。ただ、それを生業《なりわい》にするつもりはないようで、昔ほどは熱心にしているわけではないらしい。

早速届いた青いソーダフロートに嬉々としてストローを挿しながら、葵は彼に質問を返す。

「あたしが来る前に、何か進展ってありました？」

その言葉を受けて、私たちは同時に首をふった。葵は特に驚くわけでも、落胆するわけでもなく、グラスの中で溶け出すバニラアイスを掬い取りながらのんびりと続けていく。

「ですよねぇ。それならとりあえず、もう一度情報の整理から始めますか」

しゅわりと弾けるソーダから視線を外し、私はパウンドケーキにフォークを刺した。

情報の整理とは言っても、周辺を巡ってから新たに得た情報はふたつだけである。

ひとつは、彼の記憶が紅葉シーズンとは少しずれた十月の中旬から下旬の出来事であったということ。もうひとつは、錦に彩られた景色の中で、幼い義さんは母親に手を引かれながら石段を上っていたということ。

要点を纏めながら、私は広げた手帳に書き記していく。

その条件に見合う場所を探すとしても、大学の周辺で十月に紅葉が見頃を迎える場所なんて見当すらつかない。ならば、別の視点から考え直してみる必要がある。

それぞれが頭を悩ませる中で、私もまたボールペンを添えたまま思考を巡らせる。

確か、義さんとともに事務所を訪れた時、壱弥さんは「出生に関するところから」と話していたはずだ。それは、父方の親戚を伝《つて》にするというようにも捉えられる。

しかし、義さんの父親は彼が幼児期の頃に事故で亡くなっていて、そのせいで父方の人間は彼の母親のことを快く思っておらず、彼女に関する一切の情報を明かそうとはしないのだと言っていた。だとすれば、父方の親戚を辿って母親を見つけ出すことは難しく、人捜しに慣れていない私たちには不可能にも近いだろう。

そう、私は頭の中でバツ印をつける。

次に、彼の記憶が誤りだと仮定するのはどうだろう。十月の紅葉という矛盾する条件を排除してしまえば、もっと簡単に答えを見つけられるかもしれない。そう考えたところで、私はすぐに自分の仮説を否定する。

簡単では困るのだ。条件が単純であればあるほど絞り込みが困難になるのは当然で、仮に彼の記憶が誤りであるとすれば、そもそもの前提条件が崩壊し、すべてを見失ってしまうことになるのだ。

ならば、記憶に残る紅葉の景色がモミジではない他のものだとしたらどうだろう。一定の気温を下回ることで紅葉するイロハモミジではなく、それによく似たもので、十月にも色づくものはないのだろうか。

そう首を捻ったところで、私はあることに気が付いた。

「——あの、もしかしたらって思う場所があるんですけど」

そう言って顔を上げると、二人が同時に私へと目を向けた。

「それって、場所が分かったかもしれないってことですか？」

「はい。でも、お話しする前にひとつお伺いしたいことがあるんです」

私はゆっくりと息を継ぐ。

「義さんが持ってはったモミジのしおりなんですけど、それってお母さんとの思い出の品やったりしませんか？」

私の言葉に、義さんは目を見張った。

「そうです。でも、なんでそれが……？」

やはり、と思った。

しおりを拾った時、彼はどこか懐かしむような表情で、それが大切なものであることを告げた。それは、彼自身が子供の頃に作った思い出の品であったからに他ならない。そしてそのような思い出の品を、京都に来てまで持ち歩いていた理由はひとつだけ。

あのしおりこそが、彼と母親を繋ぐ唯一のもので、母親と再会できた時に自分が息子であることを証明する手段として大切に持っていたのだろう。

「あのしおりのことを思い出した時、義さんの記憶に残る紅葉の景色はもしかしたらイロハモミジではなくて、別の品種なんかもしれへんって思ったんです」

私の推測を前にして、義さんは手元の鞄から旅行雑誌を取り出し、挟んでいたしおりを机上に滑らせる。改めてそれを見て私は確信した。

しおりの葉は、イロハモミジが見せる紅色というよりは、やや紫がかったような赤色をしている。もちろん気候や個体によって色づきに差はあるものの、これは秋に紅葉する類のものではない。

「もしかして、これってノムラモミジ？」

はっとして紡がれる葵の言葉を、私は静かに首肯する。

ノムラモミジとは、芽吹く春先から落葉する秋までを通して、ずっと紫がかった赤色をしていることが特徴の品種である。また、その名は初夏の濃い紫がかった葉の色に由来し「濃紫《のむら》」と書くことでも知られている。

「あたし、ノムラモミジが綺麗な寺院なら知ってるかも」

「うん。多分私も一緒のところで考えてると思う。大学の近くやし、秋の紅葉でも有名やけど、初夏から綺麗なノムラモミジが見える場所やから」

それも、山門を潜ってから真っ先に目に留まる場所にあって、初夏には瑞々《みずみず》しいイロハモミジとのコントラストが美しく、錦秋のように燃え上がる印象的な景色を見せてくれる。

そう伝えると、義さんは驚いた様子で目を瞬かせた。

「そこに行けば、この季節でも紅葉が見られるってことですか？」

「そうですね。金戒光明寺《こんかいこうみょうじ》っていう浄土宗のお寺なんですけど」

その名を聞いて、義さんは旅行雑誌をぱらぱらと捲りながら該当のページを探し当てる。

そこには秋のライトアップに合わせて公開される紫雲の庭が紹介されていた。やはりそのページでも紅葉の見頃は十一月の中旬であると記されている。

「ただ、ノムラモミジも盛夏には一度彩度を落とすんで、イロハモミジよりは色づいてたとしても、見頃を迎えるんはやっぱり十一月なんやと思います」

しかし、それを覆すもうひとつの理由がある。

「銀閣寺で記憶のことを話してくれた時、義さんは『薄暗い天気』やったって言うてはったと思うんです」

私の言葉に、義さんは首をかしげる。

「金戒光明寺は高台の上にあるお寺なんで、境内の東側に京都の街を一望できるところがあるんです。そこから見る夕日の景色って結構有名で、特に夕方にかけて雲が晴れるような天気の日には、夕焼け空がすごい赤くなるらしいんです」

その赤色は薄曇りの空を強く照らすだけではない。色づき始めた木々や石段、そしてあらゆるものの影やその空気までをも赤く染め上げる。

つまり、彼は錦のように染め上がる夕焼けと、真っ赤な夕日に照らされたノムラモミジの色を、母親に手を引かれながら歩いた思い出とともに、鮮烈に記憶に残していたのではないだろうか。

大学近くのカフェを発ってから、金戒光明寺へと到着したのは午後二時を少し過ぎた頃であった。

西側の入り口には大きく「くろ谷」と書かれた石柱が立てられていて、傍らの高麗門には木製の寺号額とともに、この地にかつて京都守護職の本陣が置かれていたことを示す扁額が添えられている。その門を潜り抜け、緩やかに散り始めた桜の葉を踏みながら、私たちは山門を目指して石畳の参道をゆっくりと歩いた。

秋も本番になる前の半端な季節であるせいか、境内を案内する全景図の前に数台の自転車が停められているだけで、周辺には観光客らしき人影はひとつも見当たらない。人気のない参道を振り返ってみると、頭上を覆っていたはずの曇天の中に、うっすらと青色が差していることに気が付いた。

私たちよりも少し前を歩く葵は、どこか楽しそうに山門前の石段をひとつずつ軽快に上っていく。その後ろ姿を追いかけながら、私たちはそれぞれに大きな敷居を跨ぎ、山門を潜る。

その先に、目的のひとつでもある紅葉したノムラモミジの景色が広がっていた。

それは、錦秋というにはまだ随分と早いものの、周囲にあるイロハモミジに比べれば全体が橙色に色づいていて、その場所だけが秋を先取りした景色を見せてくれている。

「この季節でも、こんなにも秋らしい景色が見られるなんて知りませんでした」

広がる景色に目を細めながら、義さんは小さくぽつりと呟いた。

きっと大人になってから見る景色は、記憶に残るものよりもずっと小さくて素朴なものに感じてしまうのだろう。それでも、燃え上がる夕焼けの景色を想像すると、すべてを呑み込んでしまうような禍々《まがまが》しさを秘めていることはじゅうぶんに分かる。その壮大な景色を子供の頃に見ていたのであれば、心を奪われてしまってもなんら不思議ではない。

「よかったら、他の場所も見てもいいですか？　もう少しゆっくりと見て回れば、何か思い出せるような気がするんです」

「もちろんです」

「というか、文殊塔《もんじゅとう》は見に行かなあかんよな」

葵が軽やかに答えると、義さんは尋ね返す。

「文殊塔っていうのは？」

「東の石段の上にある三重塔ですよ。そこから京都の街が一望できて、夕方は沈む夕日が綺麗に見えるんですよね」

「なるほど、ナラさんが言ってた場所ですね。それは是非、見ておきたいです」

目の前の階段を上っていくと、開けたところに巨大な御影堂《みえいどう》が現れる。そこから境内の東側をぐるりと回り、小さな蓮池の橋を渡ったところで、長い石段と墓地が目の前に広がった。

まだ太陽は西の空に浮かんでいて、夕日を見るには随分と早い時間である。しかし、雲が途切れ始めた今日であれば、きっと美しい夕焼けを望むことができるのだろう。

私たちは目の前に続く石段をゆっくりと上がっていく。そして三重塔の前で景色を振り返ると、白く霞んだ京都の街並みが見えた。

遠くの空には小さな山がいくつも連なっていて、天気の良い日であればここから大阪までをも見通すことができるという。そんな葵の話を聞きながら、清《さや》かに吹く風を感じていると、ふと思い出したように義さんが口を開いた。

「……もしかして、母がおれを最後にこの場所に連れてきたのは、京都を離れてもここで育ったことは忘れないでほしいっていう気持ちがあったからなのかもしれません」

しかし、彼はこの景色を覚えてはいなかった。それどころか、母の顔や思い出さえも綺麗に忘れてしまっている。

その悲しい現実を映すように、義さんがどこか浮かない表情で薄曇りの空を仰ぐ。

「実は、思い出の場所を見つけたら、母がおれを捨てた理由が分かるんじゃないかって思ってたんです。でもやっぱりよく分かりません。そう上手くはいかないんですね」

そう言って、彼は苦笑を零した。

それでも、母との思い出の場所を見つけることができてよかったのだと、義さんは柔らかい笑みとともに感謝の言葉を私たちに渡してくれる。

彼の透き通るような髪を揺らす風は、今がもう秋であることを証明する少し冷たいものだった。

これで本当に義さんの気持ちは晴れたのだろうか。探偵である彼ならば、もっと他にできることがあったのではないか。

そんな靄のような疑問が、いつまでも胸の中を渦巻いていた。

それから、幼い頃に過ごしたであろう寺院の周辺を見ておきたいと言って、義さんと高麗門の前で別れを告げた。そして葵とともに大学に戻ったあと、用事があるという彼女を見送り、私は駐輪場にある自転車を取りに法経済学部棟まで向かった。

スクラッチタイル張りの建物が連なるキャンパスを歩きながら、私はスマートフォンの画面を点灯させる。しかし、やはり早朝に送ったメッセージへの既読はつかないままで、着信も入ってはいない。

今日までのあらゆる出来事を思い返しながら、壱弥さんを心配する。

雨の日に憂鬱そうに物思いに耽る顔や、傷を隠すように左腕を庇《かば》う大きな手、蒼白い顔と乱れる呼吸。そして高熱に浮かされる彼の姿を思い出し、私は再燃する不安に掌を強く握った。

彼は無事なのだろうか。梨依子さんの言葉を疑っているわけではないが、何かを隠しているという事実が胸にもやもやとした蟠《わだかま》りを作り、より不安を煽《あお》った。

駐輪場にまで到着すると、カフェテリアのそばで立ち止まり、通話履歴に表示される彼の名前をタップする。すぐに電話口から電子音が聞こえ、一回二回と繰り返し呼び出しを重ねていく。そして四回目のコール音が響いた直後、少しの雑音が聞こえたと思ったところで、ゆっくりと落ち着いた男声が応答した。

「ナラか」

これは幻ではないのだろうか。そんな不安を抱きながらも、どうしてか彼の声を聞いた瞬間、涙が溢れそうになる。

「……ほんまに、壱弥さん？」

「ん、そやけど。なんや」

想像よりもずっとあっさりとした返事に、私は思わず目を瞬かせた。心を落ち着かせるように息を吐いてから話を続けていく。

「体調はもう大丈夫なんですか」

「あぁ、ただの風邪やったし大丈夫やで。ありがとう」

とはいうものの、電話越しの声は少しくぐもったような鼻声で、時折小さな咳を繰り返している。その様子からすると、まだ完全に本調子ではないといったところだろう。

「それだけか？」

「……ううん」

「そやろな」

当然のように呟かれ、私は少しだけ言葉を詰まらせる。彼はどこまでの予測を立て、どこまでのことを知っているのだろうか。すべてを見通しているような彼の言葉は、心強いと同時に少しだけ不気味にも思える。

「入内島さんの件やろ。無事に見つけられたんか？」

彼の言葉に、私は頷いてからその経緯を説明する。

「……でも、壱弥さんが出してくれたヒントの意味がよく分からへんくて」

事務所で義さんの話を聞いたあと、壱弥さんは彼に簡単な助言を行った。それは、自分の出生に関するところから調べてみるのはどうか、といったものだ。

その助言を元に、私は彼の父方の親戚から母親のことを聞き出すということを想像したのだが、それは彼の証言を聞く限り難しいと思えるものであった。

それなら、彼の助言は一体何を示していたのだろう。

「ナラ、入内島病院グループって知ってるか？」

「えっ」

唐突な言葉に、私は間の抜けた声を上げた。

「まぁ、知ってるわけないか」

聞いたことがないと正直に答えると、彼は淡々とした口調で説明を加えてくれる。

いわく、入内島病院グループは病院経営や医学研究を中心に事業を展開している、関西では有名な医療法人であるそうだ。その中核のほとんどを入内島一族の医師免許を所有する者が担い、例に違わず内科医である義さんもまた、一族の人間なのではないかということであった。

「先代の長男が若い頃に事故死してて、今の本家を継いだのが次男やってことは有名な話やねん。もちろんその次男も医者で、今はグループの理事長を務めてるはずや。義さんは亡くなった長男の息子やって考えるんが妥当やろな」

また、父親が亡くなったあとに母親のもとを離れ、父方の遠縁に引き取られたという事実からも、義さんが話していた通り、母親の存在は一族本家の人間から疎まれていた可能性が高いという。

「俺が出生に関するところからって言うたんは、彼が入内島一族の人間やって推測したのが理由や。父方の遠縁に引き取られることになったんも一族の思惑がありそうな気ぃするし、さすがに彼も自分の父親の情報はある程度持ってるはずやからな」

その言葉に、私は戸惑った。

確か、父方の親戚からは何も教えてもらえないのだと話していたはずだ。だとすれば、どうやって父親の周辺から辿っていくというのだろう。そう告げると、壱弥さんは小さく息をつく。

「なんも、本家の人間に直接話を聞けって言うてるわけちゃう。例えば、父親が亡くなった事故についてとか、父親のことをよく知る一族外の人間とか、そういう周囲から探っていくんが基本や。いきなり中心部に潜り込もうとしたら、弾かれるのは当然やろ」

だからこそ、義さんは幼い頃の記憶から探そうと思ったのだろう。

かつて住んでいたという場所さえ分かれば、母親に会えるかもしれない。そう思い、彼は寺院の周辺を見て回ると告げたのだ。

そこで私はふと疑問を抱く。

「でも、なんで今更、義さんは母親のことを知ろうと思ったんでしょうか」

「さぁな。母親を思い出すようなきっかけがあったんやろうけど」

きっかけ――そう思ったところで、私は古いしおりの存在を思い出す。

深い赤紫色のモミジで作られたしおりは、母親との思い出が詰まったもので、何らかの出来事をきっかけに彼はそのしおりを見つけたのだろう。もしくは、何かを伝えることを目的に母親から彼のもとに届けられた可能性だって考えられる。

彼が母親のことを思い出せなかったとしても、母親が息子のことを忘れるはずがない。それに彼が有名な一族の人間であるとすれば、名前さえ知っていれば、勤めている場所は容易に特定できるのではないだろうか。

でも、何のために？　息子に会いたいと思っているのであれば、真っ先に自分の連絡先や現住所を伝えたはずだ。

静かに響くような低い声で、壱弥さんは続けていく。

「ただ、こういう複雑な家族関係に関しては、真実を暴くことだけが正義じゃない。それは頭にいれとくんやで」

忠告にも似た言葉に、私はその真意を想像する。

そして左手の腕時計で時刻を確認したあと、私は次の目的地に向かってゆっくりと歩き出した。


大学の図書館で残りの時間を過ごし、午後五時を迎えた頃、私は自転車を走らせてもう一度くろ谷さんへと向かった。境内の全景図の前で自転車を停め、山門には上がらず、脇の坂道を上っていく。そして蓮池の橋を渡り、暮れ始める西の空を背に三重塔を見上げながら長い石段を歩いた。

昼間よりもずっと涼しさを増した秋風が吹いて、耳にかけた長い髪をさらさらと乱す。天井の雲が流れ周囲の木々がざわめく中で、一段一段と上り進めていくうちに、空はどんどんと橙色に染められていく。途中で振り返ってみると、錦のようにゆらめく夕日が見えた。

もう一度前を見ると、塔の前で佇む人影に気付く。その人物は私の姿を見つけると同時に、少し驚いた表情で目を瞬かせた。

「ナラさん……どうして」

「少し気になることがあって、また義さんに会えるかもしれへん思って戻ってきました」

「おれのこと、気にかけてくれたんですね」

そう、夕日に照らされて染まる唇を静かに結ぶ。

「お母さんには会えましたか？」

そう尋ねると、彼は柔らかくほほえんだ。そして目の前に立つ私を見下ろしながら静かに告げる。

「……少しだけ、遅かったみたいです」

その言葉が何を示しているのかは、すぐに分かった。

悲しげに言葉を紡ぎながら、義さんは目を伏せる。

「母は二か月前に亡くなったそうです。職場に手紙と一緒にあのしおりが届いたのが半年前なので、おれが動くのが遅すぎたんですね」

「そうでしたか……」

話によると、私たちと別れてから寺院の周辺を巡った彼は、母親が住んでいたと思われる家を見つけたそうだ。しかしそこには誰も住んでいる気配がなく、近隣の住民に話を聞いたところ、母親のことを知る老婦に出会った。

彼女が言うところには、母親は数年前に大病を患い、半年前に余命宣告を受けていたという。そして、二か月ほど前に亡くなったということを知らされたそうだ。

義さんはゆっくりと顔を上げた。

「正直、母が住んでいた家が見つかるとは思ってませんでした。……母は、父とともに住んでいた頃と変わらず入内島の表札を出していたんです。三十年も経つのにずっと」

間もなく沈む夕日と赤く染め上げられた京都の街を、義さんは潤んだ瞳で見つめている。その艶やかな瞳さえも、夕焼けの空を映して赤く色づいている。

「両親は事実婚で、父の両親の反対が強くて入籍できなかったと聞いてます」

そのため、母は入内島の姓を名乗ることを許されず、義さんが生まれてから一年後には夫が不慮の事故で亡くなったため、いつか戸籍上の夫婦になるという夢も叶わないままになってしまったそうだ。

法律上、事実婚や内縁の配偶者には相続権はないものとされる。

また、子供は自動的に両親の戸籍に入るのが通常ではあるが、事実婚の場合、親権は出産した母親のものとなるのが一般的である。たとえ夫が子供を認知していたとしても、親権はどちらか一方に定めなければならず、父親が亡くなっている義さんの場合、親権は母親が持っていたはずだ。

つまり、義さんもまた父方の親戚に引き取られる前は、入内島ではない母親の姓を名乗っていたことになる。

それなのに母親が名乗ることのできなかった「入内島」の表札を出し続けていたのは、心から愛した夫のことを忘れないためだったのだろう。

「……本当に、母は父のことが好きだったんですね。それと同じくらい、おれのことも大切に思ってくれていたんでしょうか」

震える声とともに、義さんの瞳から小さな雫が零れ落ちる。きらりと光る涙の粒を見つめながら、私はゆっくりと言葉を紡ぐ。

「あのしおりが義さんのもとに届いたってことは、お母さんは義さんがお医者さんとして頑張ってることも知ってはったんやと思います。大切に思ってへんかったら、今自分の息子が何をしてるかなんて知ろうともしいひんはずです。そやからきっと、お母さんは義さんのことも大切に思ってくれてたんやって、そう思いませんか」

ただ、本人が亡くなってしまった今は、その真意を確かめることはできない。

それでも、彼女が最期に手紙をしたためた相手が息子である義さんなのであれば、離れてからもずっと、彼女は母親として義さんのことを想っていたのではないか。手紙に自身の所在や連絡先を記さなかったのは、息子に余計な心配をさせないためだったのではないか。

そしてあのしおりを義さんに届けたのは、母親自身がずっと大切にしてきた思い出の品であり、それを息子に託したかったからではないか。

ひとつひとつ、大切に言葉に落としながら伝えていく。

「……きっと、お母さんが幼い義さんを手放したのも、幸せを願ってのことやったんやないでしょうか」

亡くなった彼の父親は一族本家の長男で、その血を分けた息子なのであれば、将来を思って親族が引き取りたいと申し出た可能性もじゅうぶんに考えられる。だとすれば、その申し出を受けた母親が、整った環境で育つ方が幸せだと考えて彼を手放したことも、容易に想像できるのではないだろうか。

義さんは濡れた目元を拭いながら視線を落とす。

「母がおれを手放した理由は、三十年かけてずっと考えてきました。だからこそ、それが母なりの優しさだったたってことは、想いに触れた今なら、ちゃんと分かる気がします」

そして、離れる前に幼い義さんの手を引いてこの寺院を訪れたのは、最愛の息子の幸せを願い、家族との思い出が詰まった場所で別れを告げるためだったのかもしれない。

「ありがとう、ナラさん」

そう静かに礼を告げた義さんは、三重塔を背に迷うことなく石段を下っていく。彼が見つめる錦のように赤く染まった景色の先には、大きく手を振る大小ふたつの影が楽しげに揺れていた。

○

いつもと変わらず愛用の赤い自転車を走らせながら、私は大学から自宅のある北白川に向かっていた。今出川通を東に進み、白川疎水を越えたところで左へと折れる。そこから更にいくつかの角を曲がっていくと、自宅の前に白いセダン車が停まっていることに気が付いた。

自転車を降りてから、私はゆっくりと車に近付いていく。すると、門前の階段で退屈そうに座る壱弥さんを見つけた。

時間を持て余しているのか、彼はぼんやりとしたまま落ち葉を一枚指先でくるくると回している。その挙動がなんとなく貴依ちゃんに似ているのは、血の繋がりの所以《ゆえん》なのだろうか。

そんなことを考えていると、私の気配を察知したのか、壱弥さんは小さく左手を胸の前で上げた。

「お、やっと帰ってきたか」

「……それ、私の台詞《せりふ》なんですけど」

「まぁ、確かにな」

苦笑する彼のそばに、私は静かに歩み寄る。

結局、電話が通じたのはあの時のたった一度きりだった。それ以降は一言二言メッセージに返信があるだけで、どれだけ電話をかけてみても応答はせず、折り返してくれることすらもなかったのだ。ずっと不安を抱いたまま毎日を過ごし、気が付くと彼が姿を消してからちょうど一週間が経過していた。

少しだけ問い詰めるように、壱弥さんへと尋ねかける。

「なんであれから一回も電話に出てくれへんかったんですか」

「えっと……うん。それはごめん。色々立て込んでて余裕なくて」

「でも、それならそうやって言うてくれてもよかったやん」

少し困った様子で目を逸らす壱弥さんに、私はひとつずつ不満を告げていく。連絡をくれなかったことを怒っているわけではない。本当に彼のことが心配で、ただただ不安だったのだ。

そんな私の心を察してか、壱弥さんはかわすように軽やかに立ち上がる。

「心配かけて悪かったな。お詫びっていうわけちゃうけど、兵庫のお土産、祥乃《さちの》さんに渡しといたから」

礼を告げてから、私はもう一度彼に言葉をかける。

「……ほんまに、もう体調は大丈夫なんですか？」

「あぁ、風邪ひいとっただけやし大丈夫やで。おまえも心配性やな」

とはいうものの、一週間も実家に身を置かなければならないほど体調を崩していたのではないのか。そう尋ねると、壱弥さんは間の抜けた顔を見せた。

「なんか勘違いしてるみたいやけど、兵庫の家に帰ってたんは俺の体調が悪かったからってわけちゃうで」

「え、でも病院に行ってたって」

その瞬間、壱弥さんは何かを察した様子で眉を寄せた。

「まぁ確かに、病院は病院やねんけどな……」

どのように説明をすればいいのか分からないというように、壱弥さんは悩ましげに黒髪をくしゃくしゃと掻く。本当ならば私に隠しておきたいと考えていたことなのだろう。それは梨依子さんに口止めしていたという事実からも容易に想像できる。

しかし、このまま彼が本当のことを話してくれないのであれば、このもやもやとした気持ちが晴れることはない。

私ははっきりとした口調で問いかける。

「本当のこと、教えてくれませんか」

その言葉を耳にしてようやく観念したのか、壱弥さんは小さく溜息をついた。そしてゆつくりと口を開く。

「簡単に説明すると、伯父が怪我《けが》して手術せなあかんっていうから、兄貴と一緒に様子見に行ってきただけやねん」

ようやく告げられた真実に、私はきょとんとして目を瞬かせた。

「え……伯父さん、大丈夫やったんですか？」

「あぁ、転んで腕を骨折しただけみたいやったし、兄弟揃って見に行かなあかんほどの怪我やなかったわ。俺がそのままあっちに滞在してたんは、伯父が退院するまでの間、家の仕事のこと手伝ってたからやねん」

家の仕事とは何を指しているのだろう。そう疑問に思ったものの、彼の口調からは、これ以上は追及しないでほしいといった複雑な気持ちが読み取れる。

話によると、兄弟のどちらかが手伝いをしなければならない状況であったものの、勤務医である貴壱さんが一週間も仕事を休むことは現実的なことではない。そのため、融通の利く壱弥さんが実家に残ることになり、事務所を空けることができるよう未来に入っていた仕事のスケジュールを前倒しにする形で調整をかけたそうだ。

その結果、土曜日までの数日間で想像以上の量の仕事を終わらせなければならないことになり、満足に休むこともままならず、結果的に風邪を拗《こじ》らせてしまったのだと彼は苦笑した。

「おまえに隠してたんは、絶対に手伝いたいって言うと思ったからやし、別に深い意味があるわけとちゃう。それに、金曜日に持ち込んできた依頼やけど、俺が受けられへん代わりにおまえがどうにかしてくれるやろうとも思ってたしな」

そう、壱弥さんはにんまりと笑った。

つまり、すべて彼の読み通りに事が運んだということなのだろう。

「そうやったんですね。……よかったです。壱弥さんになんもなくて」

安心して気が緩んだのか、思わず零れそうになる涙を我慢する。それを見ていた壱弥さんは居心地の悪さを隠すように目を逸らしたあと、少しだけ躊躇いながらも私の頭を優しく撫でた。

その包み込むような大きな手に、私は顔を上げて彼を見る。

いつかきっと、彼と過ごすこの穏やかな日々にも終わりが訪れる。

それは私が大学を卒業する時かもしれないし、壱弥さんが誰かと家庭を築く時なのかもしれない。そうでなくても、どちらかがこの京都を離れてしまったら、会うことすらもなくなり、遠い存在になってしまうだろう。

それ以上に、もっと予測できないことだって起こり得る。

そんな日が来た時、私はその現実を受け入れることができるのだろうか。きっと、彼と過ごすこの幸せを手放したくないと思い、正しい選択ができなくなってしまうはずだ。

少しだけ困った顔をする壱弥さんを見たその瞬間、私はようやく気が付いた。
――私の心の拠り所はここにある。

琥珀と彼女の機械式時計

しとしとと降り続く霧雨も、ようやくまばらになり始めた午後。

昨日まで広がっていたはずの青天井は、今は見る影もなく灰色の曇天に包まれている。十一月に突入してからというもの、気温は緩やかに下降を続け、今では上着を羽織らなければ少しだけ肌寒さを覚えるようになっていた。

京阪電車三条《さんじょう》駅から地上に出ると、しっとりとした雨の匂いが通り抜けていく。

私は手にしていた傘を広げ、水嵩の増した鴨川《かもがわ》を横目に見ながら三条大橋を西側へと渡った。そこからしばらく歩き進め、河原町通《かわらまちどおり》の赤信号で立ち止まる。通りの向こう側には三条名店街のアーケードがあって、周辺には休日を楽しむ大勢の人が行き交っていた。

目的地はこの商店街を抜けた先、麩屋町通《ふやちょうどおり》にある緑色の扉が印象的な町家カフェである。休日にはいつも待ち時間があるほどの人気店で、そこで大学の友人たちと待ち合わせの約束をしていた。

少し早めに行動していた私は、待ち合わせまでの時間を確認するために、ポケットから時計を取り出して覗き込む。それは掌にもおさまる小さな金色の懐中時計で、ボタンを押すと蓋が開く仕組みになっている。

普段はお気に入りの腕時計を使用することがほとんどではあるが、今日は葵《あおい》から貰ったブレスレットを着けるために、この懐中時計を持ち歩くことに決めたのだ。

私は手首を飾る可愛らしい花のブレスレットに目を向ける。たったひとつ可愛いものを身に着けるだけで心が晴れやかになるのであれば、普段からもう少しだけお洒落に目を向けてみるのもいいのかもしれない。

信号が青へと変わり、ゆっくりと横断歩道を渡る。

そして手にしていた懐中時計をポケットにしまった時、商店街の奥からこちらに向かってくる一人の女性に気が付いた。

見覚えのある顔に、私は無意識にその姿を目で追いかける。

茹だる八月の午後、救急病院の一階フロアで、白衣を着た女性と親しげに話す壱弥《いちや》さんの姿を目撃したことを覚えている。背筋を伸ばした美しい姿勢で歩くその人物は、間違いなく壱弥さんが「梓《あずさ》」と呼んでいた女性であった。

落ち着いたブラウンのワンピースが似合うその女性は、私とすれ違うよりも先に河原町通を南に折れ、ゆっくりと遠ざかっていく。その横顔を目線で辿りながら傘を閉じた直後、前から来た男性とぶつかりそうになって、私は反射的に身を翻した。

驚く男性に、慌てて謝罪する。そして注意散漫になってしまっていたことを反省し、深く息を吐いたあと、その場から逃れるように先を急いだ。

新京極《しんきょうごく》商店街を通り過ぎ、アーケードを抜けると、頭上からはぱらぱらと雨粒が降り注ぐ。立ち止まって傘を差そうとしたところで、雑踏の中に佇む見知った人影を見つけた。

人の多い通りの中でも目立つ長身と、癖のない少し長めの黒髪。そしてその前髪から覗く整った容貌は、紛れもなく壱弥さんである。

彼は通りの角にあるみたらし団子が有名な店の前で、軒先に出されたメニューを睨み付けている。その装いはスーツではないものの、襟のある白シャツにグレーのジャケットを羽織った、すっきりと綺麗目な恰好であった。

どこかで仕事をしていた帰りなのだろうか。

「壱弥さん」

傘を差してから声をかける。すると彼もまた私に気が付いた様子で、直前までの難しい表情を柔らかくした。

「ナラか、こんなところで会うん珍しいな」

「ほんまですね。何してはったんですか？」

「別に何してるってわけでもないんやけど、みたらし団子食べて帰るか、お持ち帰りにするかで悩んでてん」

顎先に手を当てて真剣に悩む彼に、私は思わず口元を緩ませた。みたらし団子をいただくということは既に決定事項なのだろう。

「お店で食べてった方が、できたての温かいの出てきてええんちゃいますか」

「やっぱりそうか。でも、さっきまでそこの喫茶店でコーヒー飲んでたからなぁ」

彼の言う喫茶店とは、恐らくは寺町通《てらまちどおり》を少し上がったところにある老舗喫茶のことだろう。自家焙煎のコーヒーはもちろん、他にもタマゴサンドウィッチやホットケーキ、フレンチトーストなどが人気の有名店である。

「お仕事やったんですか？」

「いや、知人と久しぶりに会って喋ってただけやで」

その言葉を聞いて、やはり、と私は困惑した。

壱弥さんはあの女性とともに喫茶店を訪れていたのだ。二人の関係を想像すると、自身の中で嫌な感情が芽生えてくるのが分かる。

それでも、壱弥さんはざわつく私の心の内など知らぬというように、私を見下ろしながら低い声で尋ねてくる。

「暇やったら一緒に行く？」

そう誘われたところで、私は自分が待ち合わせ場所に向かおうとしていたことを思い出した。同時に、悠長に話をしている場合ではないことを自覚する。

「折角なんですけど、このあと大学の友達と約束してて……。すいません」

やむなく断りを入れると、壱弥さんは目を瞬《またた》かせる。そして次には眉間に皺《しわ》を寄せた険しい表情を見せた。

「……それって、男？」

「えっ」

予想外の質問を投げかけられ、私は間の抜けた声を漏らした。咄嗟に顔色を窺うも、自分から尋ねたはずなのに、壱弥さんは興味がないといわんばかりに大きな欠伸《あくび》を零している。

「はい、男の子もいますけど……」

「そうか」

質問の意図が分からないまま首をかしげていると、壱弥さんもまた不思議そうな顔をみせる。

「ほんで、はよ行かんでええんか？」

「あ、ほんまや。そろそろ行かな」

はっとしてポケットの懐中時計に手を伸ばす。しかし、どうしてか時計はすぐには見つからない。

「ほなまた、気ぃつけて」

そう言ってひらりと手を振る壱弥さんに別れを告げてから、私はもう一度ポケットへと手を入れた。やはり、左右どちらのポケットにも懐中時計は入っていない。商店街の入り口で男性とぶつかりそうになった時に、どこかに落としてしまったのかもしれない。

周囲を見回す私に気が付いたのか、その場を離れようとしていた壱弥さんが声をかけてくれる。

「どうしたん。なんか落としたんか？」

「ポケットに入れてた時計が見つからへんくて。ついさっきまであったはずなんですけど」

　壱弥さんは真剣な口調で続けていく。

「どんな時計や」

「金色の懐中時計です」

　その文字盤は白を基調とした大理石のようなまだら模様で、九時から十二時の位置には綺麗な琥珀色の石が装飾されている。すっきりとしたシンプルなそのデザインは、私が手にするには少し大人びた印象である。しかし、それは時計が祖父から譲り受けた大切なものである所以《ゆえん》だった。

　時計を祖父に手渡されたのは、私がまだ高校生の頃で、いつもと同じように法律事務所を訪れた私に向かって、祖父は優しい口調でこう告げたのだ。

　――これは人から貰った大事な時計なんや。でも、僕もいつまで元気でいられるか分からへん。そやから、この時計はナラに託しとく。いつかこの時計の価値が分かる日が来るはずやから、その時まで絶対に手放したらあかんで。

　そう、子供に言い聞かせるようにゆっくりと囁きながら、祖父は金色に光るその懐中時計を私に握らせた。まるで人には言えない秘密を閉じ込めたものであるかのように、詳しい事情も告げないまま。

その話を耳にした途端、壱弥さんの顔色が変わった。

「つまりは匡一朗《きょういちろう》さんの形見ってことか。なんでそんな大事なもん」

「やって、置いとくだけやともったいないし、たまには外に持ってこうと思って」

「それで失くしてたら世話もないわな」

冷たく言い捨てられ、私は言葉を詰まらせる。

確かに彼の言う通りだ。大切にしたいがゆえに持ち歩き、それを失くしてしまっては本末転倒である。

何も言い返すことができないまま、私はただ泣きそうになるのを堪え、足元を見る。すると、壱弥さんは眉を寄せた表情でくしゃくしゃと黒髪を掻いた。

「分かった。どうせ暇やし、俺が捜しといたるわ」

「でも」

「約束してるんやろ」

俺を誰や思ってんねん、と壱弥さんは深く息をついてからにやりと笑った。

その言葉を聞くだけで、どうしてか無条件に大丈夫だと安心してしまう自分がいる。誰かに期待を寄せすぎるのは必ずしも良いことではないだろう。そう頭では理解してはいるものの、かすかな希望に縋るように私は無意識に頷《うなず》いていた。

町屋カフェに到着すると、印象的な緑色の扉の前には既に数人が並んでいた。その列の中に、見知った顔を発見する。そのままゆっくりと近付いていくと、シンプルな黒色の傘の内側でその人物はふわりと顔を上げた。

「高槻《たかつき》さん、久しぶり」

彼は凛とした表情のまま小さく右手を振る。

「久しぶりやね。まだ鳴海《なるみ》くんだけ？」

「うん、葵ちゃんたちはまだみたいやな」

そう言うと、彼はスマートフォンの画面を点灯させた。時刻はまだ約束の約十分前を示している。

彼は私と同じ大学に所属していて、葵の紹介を通して親しくなった友人の一人である。少し短めの黒髪とあまり変化しない表情のせいか、一見してクールで落ち着いた印象を受けるものの、本人の主張では、それは人見知りであることが原因なのであって、決して大人びているというわけではないらしい。

鳴海くんは前を向いたまま口を開く。

「高槻さんって、大学の近くに住んでるんやっけ」

「うん、北白川《きたしらかわ》やから結構近い方かな」

「ほな、ここまでは電車で来たん？」

「そうやね。出町柳《でまちやなぎ》までは自転車やけど。鳴海くんは北大路《きたおおじ》って言うてたよね」

よう覚えてるな、と鳴海くんが告げたその瞬間、彼のスマートフォンが小さな音を立てる。もう一度画面を覗き込むと、彼はふっと笑ってからその画面を私に向けた。

「葵ちゃんたち、十五分くらい遅れるって」

差し出された画面を覗き込んでみると、そこには葵から届いたメッセージがあった。どうやら友人と談笑していたら電車を乗り過ごしてしまったようで、申し訳ないといった謝罪の言葉が、愛らしく手を合わせるキャラクターのスタンプとともに記されている。

「……葵たちならやりかねへんな」

「僕もそう思うわ」

くすりと笑った鳴海くんは、たった一言「了解」と返信し、スマートフォンをポケットにしまった。

それからすぐに順番が巡ってきたようで、私たちは店員の案内を受けて店の中へと入った。

店内には少しくすんだ木製の机と椅子がいくつも並んでいて、暖かい橙《だいだい》色の照明がどこか昔懐かしい雰囲気を放っている。客層は比較的若い人が多く、それぞれにプレートランチや定番商品でもあるキャロットケーキを楽しんでいるようであった。

四人掛けの座席に向かい合うように着いてから、私たちはテーブルの上に置かれていたメニューを開いた。そして二人でも見やすいようにと、それを横向きにして端に置く。

メニューを捲る私の手をちらりと見た鳴海くんは、何かに気が付いた様子でかすかに口元を綻ばせた。

「今日は時計じゃなくてブレスレットなんや。可愛いな」

その言葉に、私はどきりとした。何気ない変化を気付いてもらえた嬉しさと同時に、ここに来る直前まで燻《くすぶ》っていた不安がみるみるうちに再燃する。

「ありがとう。これ、葵に貰ってん」

複雑な心境とともに無意識に左手を隠すと、彼は不思議そうに眉を寄せた。

「来た時からずっと気になってたんやけど、なんかあったん？」

鋭く指摘する言葉に、私は慌てて首を横にふった。しかし、彼の表情は依然として怪訝《けげん》な色を含んでいて、凛とした目が私を真っ直ぐに捉えている。

「そう。なんか元気なさそうや思ったんやけど」

変なことを聞いてごめんな、と謝罪され、私はゆっくりと視線を手元に落とした。

「心配してくれてありがとう。……実はここに来る途中で落としものしてしもて、そのこと考えてたらなんか落ち着かへんかってん」

「そうなんや。もしかして、それって時計……？」

私はこくりと頷く。

「それなら、僕も一緒に捜すで」

神妙な声で発される台詞《せりふ》からは、彼が本当に心から心配してくれているということが伝わってくる。やはりその表情はほとんど変化しないものの、紡がれる言葉の端々には彼なりの優しさが溢れているように思った。

「ううん。代わりに捜してくれてる人がいるから大丈夫やねん」

「じゃあ、その人に任せるんが不安なん？」

私はその言葉をはっきりと否定した。

「ただ、私の不注意で失くしてしもたから、人任せにするんが申し訳なくて……」

「そっか。でも僕の勝手な想像やけど、その人はなんとなく見当ついてるんとちゃうんかな。そうやなかったら、人が失くしたもん代わりに捜すとか、そんな責任を負うようなことわざわざしいひん気ぃするで」

「……そうかな」

あの商店街のどこかで落としてしまったということは確かではあるが、通った道を歩いてみてもそれを見つけることはできなかったのだ。それでも壱弥さんであれば、時計の行《ゆく》方《え》を予測することができるというのだろうか。

考えてみれば、人並み外れた洞察力と推理力を持つ彼のことなのだ。私であれば気が付かないような小さなことも見逃さず、あらゆる仮説を立てながらたったひとつの正解を導くことなど容易《たやす》いのだろう。

「見つかるまで不安やろけど、高槻さんが信用できるって思う相手なんやったら、任せてもええんちゃうかな」

「……うん、そうやね。ありがとう」

まだ完全に不安が拭いきれたわけではない。

しかし、ただ案ずるだけでは何も状況は変わらないのだ。それなら今は余計なことは忘れ、目の前の友人との時間を大切に楽しみたい。

そう、私はほほえみかけるように表情を和らげる。

そして真っ直ぐに瞳を覗き込んだその時、顔を背けるようにして鳴海くんは机上のメニューに視線を向けた。

背後から、楽しげに話す葵の声が聞こえた。


夜を迎えてからも、なんとなく気持ちは落ち着かなかった。

懐中時計の行方も然《さ》ることながら、壱弥さんと親しい関係にある女性の存在が頭から離れず、居間で燻る甘い香の匂いが、彼女の纏う香水を幾度となく想起させていた。

彼女もまた、梨依子さんの時と同じように私が想像をしているような関係の人物ではないのかもしれない。ただの杞憂に終わることだってあり得るだろう。

しかし、私が知らない彼の過去を知っている。ただそれだけで、彼女が壱弥さんにとっての特別な存在である可能性を何度も想像してしまう。

そんなことをぼんやりと考えていると、机上のスマートフォンが短く鳴った。ゆっくりと手を伸ばし、ひたりと冷たい画面に触れる。すると、そこには壱弥さんの名が表示されていた。

固唾《かたず》を呑んで、届いたメッセージを開く。

——時計、見つかったで。

そう記された文字を見た瞬間、私は目を見張った。

○

終夜降り続いていた雨も上がり、穏やかな陽気に恵まれた正午すぎ。

壱弥さんと交わした約束の通り、私は昼休みに大学の正門前にある時計台記念館を目指して歩いていた。

久々に見た鮮やかな日差しを感じながら、ふと青空を仰いだその瞬間、視界の右端できらりと光る何かが私の瞳に映り込んだ。反射的に目を瞑《つむ》り、右手でその光を遮る。そして再び目を開いてから光源を確かめると、大きなクスノキの木陰に座る壱弥さんの姿があった。

その手には光る何かがおさめられている。それを太陽に翳《かざ》す度に、彼の大きな手の中できらきらと眩しい光が弾けていく。

それはまるでビー玉を転がす子供のようで、私は自然と笑みを零していた。

「壱弥さん」

青空を見上げる整った横顔に声をかけると、壱弥さんは掲げていた手を下ろし、琥珀色の瞳で私を一瞥《いちべつ》した。

「やっと来たか」

「すいません、遅《おそ》なってしもて」

「まぁ、俺もさっき着いたとこやけど」

そう、風に吹かれて乱れる黒髪を手櫛で直しながら、壱弥さんはふわりと笑った。その隣にゆっくりと腰を下ろす。

「これ、捜してた時計であってるか」

そう言って静かに差し出された小さな時計を見る。それは間違いなく祖父から譲り受けた黄金色の懐中時計であった。ボタンを押して蓋を開くと、文字盤の九時から十二時までの位置には美しい琥珀色の石が装飾されている。

「……ありがとうございます」

安心感から、自然と涙が滲み出る。それを指先で拭い取ったあと、私は太陽に照らされて少しだけ温かくなった時計を両手で大切に包み込んだ。

その様子を見ていた彼がひっそりとした口調で続けていく。

「多分、落としたせいやと思う」

その言葉にはっとして、私は手の中の時計をもう一度確かめた。

この懐中時計はいわゆる自動巻式というもので、動かす際の振動によって内部にあるローターが回転し、ゼンマイを巻き上げ、針を動かすという仕組みになっている。つまり、本来ならば機械式時計特有の滑らかな運針音が聞こえているはずであった。

それなのに、時計は一切の音を立てず、針が示す時刻はあの日に見た午後一時前で静止してしまっている。

「機械式時計は緻密やし、落とした衝撃で歪《ゆが》みが生じてしもてるんやろうな」

「うそや……壊れてしもたん？」

「これだけ揺らしても動かへんってことは、そういうことになるな」

淡々と突き付けられた事実に、一瞬にして頭の中が真っ白になった。

言葉を失くす私を落ち着かせるように、壱弥さんは私の背中に手を添える。そして一枚の紙きれを目の前に差し出した。

「これは……？」

「知り合いの時計屋の住所や。そこならその時計も直してくれるはずやから」

手渡されたメモ用紙には「玄野《くろの》時計店」という名前とともに、住所と電話番号が記されている。

壱弥さんは少しだけ曇った表情で手元に視線を落とす。しかしそれもほんの一瞬の出来事で、すぐに顔を上げた。

「ずっと昔に世話になった人の店やし、ほんまは俺が直接持ってく方がええんやろけど、このあと仕事が入ってて時間空けられへんねん。悪いけど、夕方に自分で店まで行ってきてくれるか」

彼の口調は私を慰めるように優しく、向けられる視線は撫でるように柔らかい。いつだって、壱弥さんは大切なものを取り戻してくれる探偵なのだ。

「うん。ありがとう」

「迷子ならんようにな」

「なりませんよ」

冗談を笑い飛ばしながら、私は静かに立ち上がる。そして受け取った紙と懐中時計を、今度は絶対に失くさないようにしっかりと鞄にしまい込んだ。

西の空に落ちていく太陽が、京都御苑《きょうとぎょえん》に広がる木々を染め上げ、街全体が黄金色に煌《きら》めいているような眩しい景色が広がっていた。

大学の講義を終えた私は、預かったメモを頼りに時計屋を探していた。

話によると、この時計屋は遠い昔に壱弥さんが何らかの形でお世話になったお店なのだという。しかしその詳細は一切語らず、一瞬翳りを見せた彼の表情を思い出すと、無理に問い質《ただ》すべきではないことだけは分かった。

御苑の南側に面する丸太町通《まるたまちどおり》を西へ歩き、ほどなくして小路を南へと折れると、目的地である小さな時計屋が姿を見せた。手にしたメモと同じ「玄野時計店」と掲げられたその店は、アンティーク調の木製扉で飾られ、古めかしくも洒落た外観であった。

しかしその店内は薄暗く、天井から下げられたレトロなペンダントライトが、並ぶショーケースを仄《ほの》かに照らし出しているだけで、人の気配は少しも感じられない。営業時間を過ぎてしまったのかとも思ったが、開け放たれたままのカーテンを見れば、店はまだ営業中であることが分かる。

店内の様子を窺いながら、ゆっくりと真鍮製のドアハンドルを引くと、頭上で揺れたドアベルが高らかな音を立てた。

「すいません」

声をかけてからほんの少しの間を置いて、「どうぞ」と返事をする柔らかい女声が店内に響き渡った。ゆっくりと足を踏み入れると、くすんだ床板が柔らかく軋《きし》み、機械式時計特有の滑らかな運針音が耳元にまで届く。古い店が纏う独特の空気感は、思わず深呼吸をしたくなるような、穏やかで心地のよいものであった。

　ショーケースに収められた腕時計を眺めて過ごし、五分ほどが経過したところで、ようやく六十歳前後と思われる女性が姿を見せた。

「お待たせしてすいませんね」

　もの珍しそうに私を見つめながら、女性は優しい笑みを零す。

「どういったご用件でしょうか」

「壱弥さんの紹介で、時計の修理をお願いしたくて伺ったんですが……」

　端的に用件を告げると、彼女は何かを考えるように視線を頭上へと遊ばせる。そして思い出したように両手を打ち合わせた。

「……あぁ、春瀬《はるせ》さんのことですね」

　そう柔らかい表情で呟く彼女に、私は自身の名前を告げる。

「私は玄野佳矢《かや》って言います。春瀬さんには随分と前にお世話になったことがあるんやけど、それから連絡は取ってへんくてね。そやから、今日電話をいただいてびっくりしたんですよ」

　どこか嬉しそうにほほえんだあと、佳矢さんは僅かに瞳を曇らせた。しかし、彼女もまた壱弥さんと同じように、すぐに何事もなかったかのように色を正す。

「早速ですけど、時計をお預かりしてもよろしいですか」

彼女に促され、私は鞄の中から取り出した懐中時計をベルベットに包まれた台の上に静かに載せた。

変わらず、時計の針は午後一時前で停止している。

「落としてから、動かへんくなってしもたんです」

「そうでしたか。落としたんやったら、どっかで部品が外れてしもてるか、破損してしもてる可能性もありますね」

高価なものを取り扱うかの如く、彼女は白い手袋を装着し、優しい手つきで懐中時計を拾い上げる。そして文字盤を斜めから覗き込み、ローターの回転を確認したあと、じっくりと観察を続けながらおもむろに口を開いた。

「……これ、うちで作った時計やね」

「えっ？」

思いがけない彼女の言葉に、私は反射的に声を上げた。

佳矢さんは静かに頷いてから、時計の文字盤を私に見せる。

「ほら、ここに名前が書いてありますやろ」

彼女が指先で示す部分を覗き込むと、そこには確かに刻印があった。「S.Kurono」と刻まれたそれは、一目見ただけでは気付かないくらいの淡い銀色で塗られている。

「それでうちに連絡してくれはったんですね。腕の立つ時計屋なんて他にもようさんあるはずやのに、何でわざわざって思ってたんです。春瀬さんもうちには来づらいやろし」

そう言って佳矢さんの瞳が再び翳った。しかし、その表情は悲しみというよりも、どこか後ろめたさを抱いているようにも見える。

真意は分からないものの、その言葉を聞く限り、壱弥さんが意図的にこの店から距離を置いていたということは明らかであった。

ぼんやりとしていた私を現実に引き戻すように、佳矢さんは角のない柔らかい口調で続けていく。

「もう五年近くも前に作った時計ですから、修理のついでにオーバーホールもさせてもらいますね」

「オーバーホールですか？」

「えぇ、使い続けてると部品も傷んできますやろ。故障を防いだり精度を保ったりするために、定期的にメンテナンスすることをオーバーホールって言うんですよ」

予備知識のない私にも分かるように、佳矢さんはその意味を簡単に説明してくれる。

ならば、使う頻度が少なければ長く使用できるということなのだろうか。そう尋ねてみると、彼女はそれを否定した。

「これは難しい問題なんですけど、使わへんかったらオイルが固まってしもて反対に精度が落ちるって言われてるんです。最低でも一月に一回程度はゼンマイを巻いてあげるのがいいんですよ」

つまりは生命を宿してるものと同じように、使わなくなった機能は衰えていくということなのだろう。

徐々に暗くなっていく店内に、佳矢さんが照明を灯す。その瞬間、午後六時を知らせる時計の鐘が鳴り響いた。

「そういえば今、春瀬さんは探偵をしてるって伺ってます」

彼女はゆっくりと慎重に続く言葉を紡いでいく。

「……もう、左手は動くようになってますか？」

手元の受付用紙へと連絡先を記入していた私は、思わず顔を上げた。

「左手……ですか？」

「えぇ、怪我《けが》のあと仕事に復帰せんとそのまま辞めはったから……。もう五年もお会いしてへんし、調子はどうなんやろ思って」

その台詞を耳にした瞬間、あるひとつの考えが脳裏に浮かんだ。

このまま上手く話を合わせてしまえば、彼の過去について何らかの情報を得ることができるのではないか。そうすれば彼の左腕の傷に関することも、あの白衣の女性についての情報も、簡単に得ることができるかもしれない。しかし、同時にそれは彼を裏切る行為でもあった。

揺れる思考を整えるために、私はゆっくりと深く息を吐く。

「すみません、昔のことははっきりとは伺ってないんです。そやから、壱弥さんがどんな怪我しはって、どんな後遺症があるんかまでは……」

言い淀む私に、佳矢さんははっとして手を口元に当てた。取り巻く静寂に、気まずさが露《あら》わになっていく。

「私、余計なことを言うてしまったみたいで」

「いえ。でも壱弥さんは左利きですし、文字もちゃんと左手で書いたはります。そやから多分、よくなってるとは思いますよ」

取り繕うように告げると、彼女は眉を下げた表情のまま目をかすかに細めた。

「なんも後遺症残ってへんのやったらいいんですけどね……」

独り言のような彼女の呟きは、どこか諦めにも似た色を含み、私の胸に小さな蟠《わだかま》りを残した。

○

思い返せば、大学の後期が始まったばかりであったことや、壱弥さんが京都を離れていたこともあって、事務所を訪問する機会に恵まれず、気が付けば三週間が経過してしまっていた。途中で貴壱《きいち》さんが来ている可能性もあるものの、多忙である彼が必ずしも掃除までこなしてくれているとは限らない。

三週間誰も踏み入っていない部屋の荒れ具合を想像すると、背筋が凍るほどの恐ろしさを秘めている。もしかすると、部屋が樹海と化してしまっているかもしれない。

お祖父《じい》ちゃん、大切な事務所を守れなくてごめんなさい。と心の中で唱えながら事務所の入り口を開く。しかし、どうしてか事務所にも部屋にも壱弥さんの姿は見当たらなかった。

予想通り部屋にはシャツやくしゃくしゃの私服が脱ぎ散らかしてあって、床には重要なのかどうでもいいのかも分からない書類や本がばらまかれ、机にはコーヒーの空き缶がアート作品の如く並べられている。唯一の救いと言えば、早急に片付けなければならない飲食物のゴミが空き缶だけという点であった。

もはやこの光景すらも懐かしく感じることに驚きながら、部屋の空気を入れ替えるために窓を大きく開け放つ。さらさらと注ぎ込む風を頬で受け、私はひんやりとした空気を胸いっぱいに吸い込んだ。

やはり、自然の多い寺院に囲まれたこの場所の空気は清々しい。

窓辺を離れ、もう一度部屋の惨状を目の当たりにした私は、どこから片付けを始めようかと頭を悩ませた。

肝心の本人はどこに行ってしまったのだろう。彼がいれば、洗濯をしてもいい服とそうでないものを仕分けてもらうことができるのに。

そう考えていたところで、入り口の格子戸が開く軽快な音が聞こえてくる。

どこかに出かけていた壱弥さんが帰宅したのかもしれない。

彼を迎えるために部屋から廊下に出た直後、事務所から続く扉が開く。そこに現れた大きな人影に、私は思わず立ち止まった。

「貴壱さん」

「あぁ、ナラちゃんも来てくれとったんやな」

車の鍵を片手にふらりと姿を見せたのは、壱弥さんの実の兄である貴壱さんであった。

貴壱さんはシンプルな白シャツに黒いパンツを合わせ、その上には茶色のウィンドウ・ペンのジャケットを羽織っている。二人の身長はほとんど変わらないくらいではあるが、貴壱さんの方がいくらか筋肉質で、しっかりとした体格をしているように思う。

「私もさっき来たところなんですけど、壱弥さんがいいひんくて」

貴壱さんとともに廊下を引き返し、部屋へと戻る。

「あいつなら書斎に籠ってるか、どっかで寝こけてるか……って、部屋汚いな……」

そう、顔をしかめながら、貴壱さんは呆れたように溜息をついた。そして、床に散らばった衣類をソファーの背に放り投げていく。

「どこから片付けようか迷いますよね……」

「ほんまごめんな。俺が片付けるから、ナラちゃんは事務所の方でのんびりしとって」

「あ、いえ。私も手伝います。一人やと大変そうですし」

苦笑を零したと同時に、書斎からタブレットを手にした壱弥さんが現れる。その視線は画面に落とされたままで、私の存在に気が付いていないのか、気の緩んだ調子で貴壱さんを呼んだ。

「兄貴、先週のこれなんやけど――」

そう顔を上げたところで、壱弥さんは私の姿を捉え、目を大きく見張る。そして今まさに続けようとしていた言葉を呑み込んだ。

「なんや、ナラもおったんか。兄貴だけや思《おも》たわ」

「お邪魔してます。ずっと来られへんくてすいません」

「あぁ、それは別に」

彼はタブレットの画面を消して、机の端に置いた。そのやり取りを見ていた貴壱さんが壱弥さんを睨みつける。

「お前な、そこはちゃんとお礼言うところやろ」

「……いつもおおきに」

貴壱さんに叱られて、彼はふてくされた子供のように口先を尖らせた。

いつもなら斜に構えたような態度を取る壱弥さんも、兄の意見だけは反論もせずに素直に受け入れる。手懐けられたその姿を見て、私は思わず笑ってしまった。

ただ、今更改めて礼を言われるのも居心地が悪い。これ以上は言及されないようにと、私はそっと話題を変える。

「私、このへん片付けますね。壱弥さんは洗ってもいい服とクリーニングに出す服を仕分けてください」

「ほな俺は洗濯してくるわ。クリーニングは帰りに出すし、纏めて置いといて」

貴壱さんは変わらずクールな表情のまま、奥の浴室の方向へと消えていく。衣類は二人に任せるとして、私は周辺に散乱する書類や本を纏めるところから開始した。

掃除を始めて間もなく、どことなく視線を感じるような気がして私は顔を上げた。

目の前には、ソファーで頬杖をつきながら琥珀色の瞳を私に向ける壱弥さんがいる。彼は何を考えているのだろう。しばらくの間その瞳を覗き込んでみたものの、どうしてかその視線は逸らされない。

次第に恥ずかしくなって、俯《うつむ》きながら彼に尋ねかける。

「どうしましたか？」

「いや」

そう言って、ようやく瞳は別の方向へと移動する。

「そういえば、時計直してくれはるん？」

それは、壱弥さんが見つけてくれた懐中時計のことであった。

彼の紹介で時計屋を訪問し、修理を依頼したところまではよかったのだが、偶然にもその店には彼の過去に繋がる大切な秘密が潜んでいることを知ってしまったのだ。それは彼が意図的に隠しているもので、軽い気持ちで触れるべきではない。

ゆえに、彼に伝えられないまま今日を迎えてしまっていた。

「はい。メンテナンス含めてあと一週間くらいかかるみたいですけど」

「よかったな」

「お店、紹介してくれてありがとうございます」

壱弥さんは顔色を変えないまま、静かに首をふった。そして視線を手元に落としたかと思うと、再び私に問いかける。

「店に行った時、俺と同じくらいの年の女性っていいひんかったか？」

「いえ、佳矢さんっていう人しかいませんでしたけど」

「そうか、ありがとう」

そう、彼は低い声で呟きながら目を伏せた。

彼の言う若い女性とは、誰のことを示しているのだろうか。それは彼が決して語ろうとしない過去に繋がる大切な人物なのかもしれない。

余計な詮索をするべきでないことは分かっている。それでも、佳矢さんの言葉と彼を巡るあらゆる出来事を思い返すと、様々な想いが複雑に絡み合い、私の胸の内で渦巻いていく。

私は小さく彼の名を呼んだ。

彼のことを知りたい。そう思うことはいけないことなのだろうか。

「……実は、壱弥さんの左手の調子はどうかって、佳矢さんに尋ねられたんです」

その瞬間、壱弥さんは驚いた様子で私に目を向けた。

「時々壱弥さんが具合悪そうにしてるんも、夜にあんまり寝られてへんのも知ってます。それって、その左手の傷となんか関係あるんですか……？」

やっとのことで絞り出した声とともに、堆積した感情が次々と溢れ出る。

「ほんまは私には知られたくないことなんかもしれません。でも、壱弥さんのことなんも知らんままやったら、私は今までと同じように心配することしかできません」

それは先月末にも痛感したことで、彼のことを何も知らない自分に絶望し、ただ案ずることしかできなかったのだ。私が前に進もうとしなければ、本当に大切な時に彼の手を取って寄り添うこともできないだろう。

「それに、不安なんです」

彼が闇を抱えたまま、ふらりとどこかに消えてしまいそうで。

かすかに震える声で正直に想いを紡いでいくと、壱弥さんは戸惑いを隠せない様子で面を伏せる。長い前髪がはらりと零れ落ちて、彼の瞳に影を落とした。

「……そうか。余計な心配させたくないし、おまえには話すつもりなかったんやけど、逆に不安にさせてしもてたんやな」

悪かった、と壱弥さんは静かに謝罪する。

そして隣に座るようにと私を招き寄せると、強く握っていた手をゆっくりと解《ほど》いた。

「左手は昔の怪我で神経傷つけてしもてて、そのせいで今でもたまに痛むことがあって」

特に悪天候が続く日にはその痛みのせいで眠れないことも多い。もちろん、神経障害性疼痛に対する薬物治療も行ってはいるが、日中の眠気や、体調によっては副作用が強く出てしまうこともある。そう彼は説明する。

「あとは握力が弱いのと、感覚もちょっと鈍いんやけど、万年筆やったらなんとか字も書けるし、車も乗れるし、日常生活で困るほどの後遺症やないねん」

壱弥さんは私に向かって左手を静かに差し出した。促されるままその手に自分の手を重ねると、彼は私の手をぎゅっと握り締める。しかし、強く力を込めているように見えていても、彼の左手からは優しく握手をする程度の力しか感じることができない。それが彼の言う後遺症なのだということを実感し、ひどく胸が痛んだ。

離した自身の左手を、壱弥さんは静かに見つめている。

直後、私たちの背後で貴壱さんが驚いたような声を上げた。

「まさかとは思てたけど、お前、ほんまになんもナラちゃんに話してへんかったんやな」

直前の会話を耳にしていたのだろう。貴壱さんは呆れを含んだ口調で呟きながら、少し離れた場所に腰を下ろした。

その言葉に反論するように、壱弥さんは淡々と返す。

「昔のことなんて話してもしゃあないやろ」

「でも、ナラちゃんは匡一朗さんの孫なんやで。壱弥がこの事務所に留《とど》まり続けるんやったら、今に至る理由もちゃんと伝えとくべきなんちゃうか」

柔らかい風が吹き込む室内に、貴壱さんの低い声が響き渡った。それから数十秒、流れる静寂を切るように私は口を開く。

「私からもお願いします。壱弥さんのこと、もっとちゃんと知りたいんです」

真っ直ぐに放った私の声に、壱弥さんはどこか困ったような表情を浮かべながら静かに目を閉じる。そして一呼吸を置いたあと、ゆっくりと目を開いた。

「分かった、ちゃんと話すわ。怪我のことも、玄野さんのことも」

彼は妙に落ち着いた声音で話し始める。

「探偵になる前、俺も兄貴と同じ医者として病院に勤めてたんや」

「えっ……」

その瞬間、にわかに日が陰った。

戸惑う私に彼は小さく笑いかける。

「今からちょうど五年前、俺が担当した患者に若い女性がおってな……その人の名前は玄野小夜《さよ》——佳矢さんの娘で、ナラの持ってる時計を作った人物や」

再び差した陽光に、彼の琥珀色の瞳がきらりと輝く。

そして過去を想起するように目を細めながら、ゆっくりと語り始めた。

●

京都御苑のそばにある、救急救命センターを持つ京都市内有数の救急病院で彼女に出会ったのは、茂る銀杏《いちょう》が黄葉を始めた時分。

大学を卒業後、かつて父が勤めていた病院へと就職を決めた壱弥は、二年間の初期研修を終えたあと、その背中を追うように父と同じ診療科を選択した。それは志半ばで亡くなった父に代わって、その遺志を継ぎたいと思ったゆえの選択だった。

医師として勤めていた両親が亡くなったのは、壱弥がまだ八歳になる年のことであった。それから約半年後、子供に恵まれなかった伯父母に望んで引き取られる形で、壱弥は三歳年上の兄とともに京都を離れ、兵庫県に身を置くことになる。

元より兵庫県の郊外に住む勤務医だった伯父母は、かの震災のあと速やかに被災地域で開業し、医療復興に携わったという貴重な存在だった。ゆえに、その姿を見て育った兄弟が伯父母のような医者になりたいと思うようになったのも、ごく自然のことであった。

しかし、事故で両親を亡くした子供というだけで周囲からは好奇の目を寄せられることも多く、伯父母にかけられる憐《あわ》れみの言葉を耳にするたびに、壱弥は自分の存在を心から疎んだ。それはある種の呪縛のようなもので、幼少期にかけられた枷《かせ》は簡単に解けるものではない。

やがて、両親や伯父母に対する憧れだけではなく、自分の存在意義を求めるかのように壱弥は医師を目指すようになる。彼らと同じように誰かの役に立つことができれば、きっと周囲からも認めてもらえるはずだ。そう思い込み、人並み以上の努力をも惜しまず、幼い頃から医学の道だけを見据えてただひたすらに学業に励み続けたのだ。

しかしそれは同時に、彼らを落胆させないように、泥を塗ることのないようにと、常に重圧を感じる最大の要因にもなった。

期待を裏切ることだけはできない――その焦りが綻びとなって表れ始めたのは、専攻医として駆けだしてから半年後のこと。

いつからか時間の流れが恐ろしいと思うようになって、自分だけが取り残されてしまったような感覚を抱き、休息することすらもままならない状態に陥っていた。

窓から見える景色に季節の移ろいを感じるたびに、一分一秒すらも無駄にできないといった焦りが芽生えてくる。それを取り払おうと努力に努力を重ねても、どうしてか焦燥感は募るばかりで、足を止めることすらも許されず、ただひたすらに走り続けるような目まぐるしい日々を過ごしていた。

毎日のように一瞬で過ぎていく午前中に、手術を終えたばかりの壱弥は疲れた身体《からだ》を引きずりながら医局へと戻った。直後、スクラブのポケットの中でＰＨＳが大きく鳴って、壱弥はそれに応答する。電話は指導医である椹木《さわらぎ》からで、すぐに検討したい症例があるといった内容であった。

通話を終えてから、壱弥は医局のデスクチェアの背にかけていた白衣を掴む。そして、休む間もなく病棟へと向かった。

階段を上り、廊下に出たところで、壱弥は病棟の入り口にある大きな窓に目を向ける。遠くに見える御苑の景色は少しずつ秋らしい色に染まり始めていた。

頭の片隅にちらつく思考を振り払うように歩調を速める。しかし、窓辺の椅子に座る若い女性の姿に気付き、その異様な行動を目にしたところで無意識に足を止めていた。

彼女は背中を壁にぴったりとあずけ、右手に収まる小さな何かを頭上へと掲げている。その細い指を動かす度に、窓から差し込んだ光が反射して、彼女の顔や髪をきらきらと照らし出していた。

纏う病衣や傍らの点滴を見る限り、彼女もまたここに入院している患者なのだろうと推測できる。ただ、自分とほとんど変わらない年齢の患者なんて当科にいただろうか。そう首を捻《ひね》ったところで、のんびりとしていられる状況ではないことを思い出す。慌てて視線を外すと、壱弥は頭に残った疑問を掻き消してから止めた足を再び進め始めた。

スタッフステーションの入り口を抜けると、数台が並ぶデスクトップパソコンのひとつに一人の医師が座っていることを確認する。

「椹木先生」

声をかけると、細いメタルフレームの眼鏡をかけた彼はくるりと振り返った。

「急に呼び出して悪いね、春瀬くん」

その柔和な口調は彼の優しい表情を際立たせる。

「いえ、遅くなってすいません」

「うん、まぁ座って。とりあえずこれを見てもらえるやろか」

その言葉に従って、壱弥は隣に置かれていたデスクチェアに腰を下ろし、示されたモニター画面へと意識を集中させた。

そこに映し出されているのは、頭部ＭＲＩ画像であった。スクロールする度に切り替わる断面画像の中で、明らかな異常信号を見せていたのは小脳と呼ばれる部分である。

「これは……腫瘍ですか」

小脳は人の平衡感覚を主に司《つかさど》る。障害を受けると、めまいや小脳性運動失調などの症状を呈し、歩行がままならなくなることさえもある場所だ。

椹木は検査画像を閉じて、速やかに文書画面へと切り替える。

「午前中に運ばれてきた二十代の女性患者でね、手荷物に紹介状があったんやけど」

「救急患者やのに、紹介状ですか」

そう、怪訝な表情で開かれた画面を凝視した壱弥は、紹介状の文面を見るなり眉間に皺を刻み込んだ。

紹介元はスイスの大学病院で、すべて英語で記されている。さらりと目を通していくと、そこには患者の簡単な病状と社会的背景が記されていた。

患者の名前は玄野小夜、二十八歳の若年女性である。十九歳の時に単身でスイスに移住し、そこで時計学校を卒業した彼女は、長らくジュネーブにある時計会社へと勤務していたという。両親は日本に居住しており、家族歴は特記なし。

今年の七月末にめまいと嘔気を主訴に紹介元であるスイスの大学病院を受診。精密検査の末、左小脳に壁在結節を伴う嚢胞性腫瘍が発見されている。画像所見より小脳血管芽腫が疑われ全身スクリーニングを実施したところ、左腎に直径五センチの充実性腫瘍が確認されたという。

幸いにも周囲組織への進展やリンパ節転移は認めず、その他臓器での異常は見つからなかったものの、多臓器腫瘍であることから孤発例のフォン・ヒッペル・リンドウ病が疑われたそうだ。

フォン・ヒッペル・リンドウ病とは、常染色体優性遺伝性疾患で、脳や脊髄、網膜の血管腫や、腎細胞がん、膵臓腫瘍などが多発する疾患である。また、小脳血管芽腫は約三分の一が当疾患に関連して発生すると言われているが、悪性度は低く、全摘出ができれば再発しない腫瘍であるため、症候性であれば早期の手術治療を勧めることが多い。

彼女の場合も、現地での手術治療が勧められたようではあるが、本人が日本での治療を強く希望したため、この紹介状が書かれたという経緯であった。

記される文章を一読し終えた時、壱弥はあることに気付く。

「……この紹介状、八月に書かれたものなんですね」

そう告げると、榿木は眼鏡の奥ですっと瞳を細めた。

「不自然やろ？」

確かに、早期手術治療を勧められるような疾患の患者なら、帰国後直ちに受診をするべきであろう。それなのに患者は受診をするどころか、救急搬送されるまで疾患を放置していたということになる。

「この紹介状が二か月も前のものやとしたら、低いとはいえ進行してる可能性もありますよね」

「あぁ、そういうことになるね。両者とも進行は緩やかやって言われてるけど、検査してみやな分からへんからね。夕方に造影検査のオーダーは入れてあるから、春瀬くんが対応したってくれる？」

「分かりました。ＣＴ室への連絡は僕からしておきます」

じゃあよろしく、と優しくほほえみながら椹木は紹介状の画面を閉じた。

通常の流れであれば、腎臓にある腫瘍の状態を確認したあと、早急に治療計画を立てることになるだろう。しかし、腎臓の腫瘍がいかなる状態にあっても、日常生活を妨げる症状を呈している以上、頭の治療が優先されることは明らかであった。

あとは腎臓の腫瘍が進行していないことが確認できれば問題はない。そう、壱弥は息をついた。

カルテ記載画面を立ち上げた椹木が、ふと思い出したように口を開く。

「そういえば、実はもうひとつ問題があってな……」

「問題、ですか」

「うん。彼女の実家はここから徒歩十分もかからへんところにあるみたいやねんけど、本人がご家族に連絡することを拒否してるんやって。疎遠っていう感じでもなさそうなんやけど、詳細がはっきりしいひんくてね」

困った様子で椹木は続けていく。

「これから色んな検査や治療を受けてもらうんやったら、恐らく厳しいことも言わなあかんやろ。まだ二十代の子が、それを一人で背負うことになるんはつらいんちゃうかなって思って」

そう告げたあと、椹木はデスクチェアをくるりと回し、壱弥の顔を真っ直ぐに覗き込んだ。その目にはどこか希望の色を灯しているようにも見える。

「春瀬くんは彼女と歳も近いし、町田《まちだ》先生よりもずっと親しみやすいし、性格も穏やかさんやろ。そやから、彼女の担当になって話を聞いてあげてほしいねん」

想像もしていなかった指導医の言葉に、壱弥は驚きとともに目を瞬かせた。


病棟マップで確認した個室の前で、壱弥は一度だけ深呼吸をした。柔らかい象牙色の扉をノックしたあと、なるべく音を立てないようにゆっくりと開いていく。

「玄野さん、失礼します」

返事をする柔らかい声とともに、ベッドに臥せていた女性が緩やかに起き上がった。そして胸元まで伸びる髪を耳の下でふんわりと纏めると、ようやく顔を上げる。大きな瞳と白い肌が印象的な小柄な女性だった。

「はじめまして、脳外科の春瀬といいます。玄野さんの担当になりますので、ご挨拶に伺いました」

緊張を隠すように軽く頭を下げた壱弥に向かって、彼女はにっこりとほほえんだ。

「はじめまして。さっき廊下でお会いした先生ですね」

「……廊下？」

そう尋ね返したところで、壱弥ははっとした。

「あぁ、窓のところで座ってはった方ですか」

「そうそう。えらい不思議そうに見てるなぁって思ったから」

「すいません。何してはるんかなって、ちょっと気になって……」

小夜の鋭い指摘に、壱弥は苦笑を零しながら謝罪した。同時に、その時の彼女の様子を思い出し、再び疑問がわき上がる。

あの時、彼女の手には小さな何かが収められており、手を動かすたびに太陽の光をきらきらと反射させ、金色の光を頬や髪へと落としていたはずだ。

あれはなんだったのだろう。そう問いかけると、小夜は目を伏せながらおもむろに立ち上がった。そして妙にふらふらとした危なっかしい足取りで窓辺を伝い、床頭台の引き出しを開く。

彼女の手に載せられたそれは、細かい歯車が入り組んだ緻密な絡繰《からく》り細工のようなものであった。五百円玉よりも一回り大きいそれは、気品のある黄金色の輝きを携《たずさ》え、ところどころに見える赤い石が艶やかに光っている。

「これ、時計のパーツですか？」

確か、彼女はスイスの時計会社に勤務していたと紹介状に記載されていたはずだ。ほとんど当てずっぽうで告げたところ、小夜の瞳が少しだけ明るくなった。

「うん、正解。機械式時計の駆動装置で、ムーブメントっていうんやけどね」

「触っても大丈夫ですか」

「どうぞ」

掌の上に載せられたムーブメントを、壱弥は指先で慎重に摘まみ上げる。そして窓から差し込む光に翳してみると、あの時と同じように光がきらきらとした影を映し出した。

「綺麗ですね」

「そうやろ。ほんまは素手で触るんはよくないんですけどね」

「えっ」

咄嗟に顔を引《ひ》き攣《つ》らせる壱弥に、小夜はくすくすと堪《こら》えるように笑った。

「うそうそ。実物はあかんけど、これは見本やから大丈夫ですよ」

「……びっくりしました。冗談でよかったです」

ほっと胸を撫でおろすと、小夜はもう一度笑った。その笑顔が可愛らしいと思ったその瞬間、壱弥は小さな罪悪感を抱き、彼女から目を逸らす。そして手にしていたままのムーブメントをそっと返却した。

それを元の場所に片付けると、小夜はベッドの端に座り壱弥の手元に目を向ける。

「それで先生、その書類ってわたしに？」

「あぁ、そうですね。脱線してすいません。夕方に造影検査を受けてもらいたくて、その同意書なんですけど」

本来の目的を思い出した壱弥は、手にしていた数枚の書類をテーブルに広げていく。そしてその検査が腎臓にある腫瘍の状態を確認するものであることや、そのメリット、造影剤による副作用、検査の簡単な手順などを説明した。

小夜は躊躇《ためら》うことなく同意書に記名する。

「わたし、先生が必要やって言う検査は受けてもええかなって思ってます」

「ありがたいです。このまま診察もさせてもらいますね」

「はい、お手柔らかに」

おっとりとした口調で告げると、小夜はベッドの真ん中に座り直した。

壱弥は白衣のポケットからペンライトを取り出し、茶色い瞳を覗き込んでから静かに光を照らす。瞳の真ん中にある瞳孔が小さく収縮するのを確認したあと、続けていくつかの指示を出しながら診察を続けていく。順序よく眼球や手足の動きを観察する壱弥に向かって、小夜は静かに問いかけた。

「この、手の位置が定まらへんのも、症状のひとつなんですよね」

「そうですね。小脳性運動失調っていいます」

眉尻を下げた表情で、小夜はゆっくりと壱弥を見やる。

「これのせいで細かいことが難しくなってしもたから、仕事もうまくできひんくて。その失調っていうのを治すお薬はないんですか？」

「薬はありませんね。でも手術で腫瘍を綺麗に取り除くことができれば、良くなる可能性は高いと思います」

診察を終えた壱弥は、小夜に促されるまま椅子に腰を下ろす。向かい合うように座った二人の間に、少しだけ開いた窓からふわりと秋風が注ぎ込んだ。

それは周囲の音を浚《さら》うように通り抜け、室内の空気をかき乱す。その音に消されてしまわないように、小夜はゆっくりと強《したた》かな口調で告げる。

「……わたし、手術を受けるつもりはないんです」

彼女の言葉を耳にしたその瞬間、壱弥は目を大きく見張った。同時に、あからさまに怪訝な表情をする。

「手術すれば治る病気やのに……？」

「治るって言うても、わたしって腫瘍ができやすい遺伝子の病気なんですよね。それやったら、いつか他の場所にも腫瘍ができる可能性やってあるってことやろ」

小夜は心の内を隠すように目を伏せた。

「ずっとこの先、病気に怯《おび》えながら生きていくのは嫌なんです」

一見して、その言い分はもっともらしいものではあった。しかし、他の場所に腫瘍ができるとは言っても、それが何年後のことか、はたまた何十年後のことであるのかは予測できない。見通すことができない未来のために、今を捨てる覚悟こそ簡単にできるものではないはずだ。

壱弥は落ち着いた声で続けていく。

「それに関しては定期的にフォローアップをしていくことになります。いずれの腫瘍でも早期に発見できれば摘出は可能ですし、それほど怖くはないと思いますよ」

「……でも、わたしはひとりぼっちやから、生きてても仕方ないねん」

水底に沈むような声で、小夜はもう一度呟いた。

伏せられたままの目が、次第に潤みを帯びていく。暗闇に迷い込むような彼女の姿を目にした壱弥は、続けようとしていた言葉を寸前のところで呑み込んだ。そして表情を崩さないまま小さく息を吐くと、ゆっくりと立ち上がる。

「……急なことですから、まだ悩まれることも多いと思います。手術治療に関しては、もう少しゆっくりと考えてみてください」

壱弥を見上げる彼女の表情に、かすかな影が差したように見えた。

「想定はしてたけど、最悪の結果やなぁ」

医局のデスクで読影結果を確認しながら、椹木は困った表情で頭を掻いた。それにつられ、壱弥もまた眉間に皺を寄せる。

「最悪って言うてもT1bですし、手術治療は可能ですよね」

「うん、まぁ確かに数ミリの話やけど、二か月でこの進行具合なら速いって言うてもええくらいや。進行速度が比較的速いんなら、頭の治療してるうちにも悪化する可能性があるってことやでな」

通常、腎臓腫瘍は時間をかけて緩やかに大きくなっていくことが多く、自覚症状に乏しいことでも知られている。ゆえに、発見時には他臓器転移を起こし、特に肺転移、骨転移、脳転移による症状で原発巣が腎臓であったと特定されるケースも稀《まれ》ではない。しかし、小夜の場合はリンパ節や周辺臓器への転移は認められないことからも、いわゆるステージIの早期発見だと言えるものであった。

椹木はずり落ちた眼鏡を右手の指先で押し上げる。

「まぁ春瀬くんの言う通りではあるし、この状態で見つかったのも幸いってところか。頭の治療が優先とはいえ、泌尿器外科にコンサルトしておくんが筋やろね」

「僕もそれが最善やと思います」

いくらかの意見交換をしたあと、壱弥は速やかにコンサルテーション画面を立ち上げ、病歴とともに依頼文を打ち込んでいく。丁寧な文面で半分ほど書き進めた時、隣で時間を持て余していた椹木が口を開く。

「そういえば、ご家族の話はできたん？」

思い出したように尋ねる椹木に、壱弥は一度カルテから視線を外し、小さく首を横にふった。

「いえ、まだです。もう少し警戒心を解いてもらってから、話ができたらとは思ってるんですけど……」

先のやりとりを思い出すと無意識に溜息が漏れ、言葉が濁る。

「春瀬くんがそんな顔するなんて珍しいね。厄介ごとでもあるん？」

「はい、実は患者が手術治療を拒否してはるんです」

その瞬間、椹木の表情が強張《こわば》った。

「なるほど……それは非常に困ったなぁ」

本心で言えば、両親の協力を得たうえで手術を行うのが望ましい。しかし、万が一協力を得られない場合には本人の同意のみで手術を行う必要があることを、夕方に終えたカンファレンスで話し合っていたばかりであった。

立会人なしの手術では、トラブルが起こった際の説明と同意がスムーズに行えないリスクはあるものの、あらかじめ患者本人とよく話し合っておくことで簡単に解決できる。

「順序よくいけば手術は再来週にでももって思って、枠を確保してたんやけど」

手術を行わないとなれば、手術枠はキャンセルする他はない。そして、治療を行わないのであれば迅速な退院をすすめなければならない。それは二人にとっても不本意なことであった。

壱弥は目を閉じて額に左手を添える。

「彼女が手術を受けたくない理由は、なんとなく理解はできます」

それはどんな理由なのかと問いかける椹木に、壱弥は顔を上げた。

「手術治療で今回の腫瘍が完治したとしても、今後も発症するリスクに怯えながら生きていくのは嫌や、って」

「なるほどね。彼女は思ったよりも自分の病気のことを理解してるんやな」

よく言えば、それは現実を受け止めたうえでの選択であるとも言える。ただ、暗闇に迷い込むように暗い声音で呟かれた言葉を思い返すと、彼女が手術を拒否している最大の理由は他にあるようにも思う。

ゆえに、彼女の口から治療拒否が伝えられた時、壱弥は咄嗟に批判的な言葉を浴びせようとしてしまった。しかし、まだ築き上げてもいない信頼関係を崩してはならないと、寸前のところで喉元まで出かかっていた言葉を呑み込んだのだ。

それが今になって思い出され、自己嫌悪を招いている。

壱弥は小さく息を吐く。

「ただ、僕にはそれが彼女の本心ではないように思えました。これは憶測ですけど、ご両親との問題が原因で投げやりになってるところもあるんちゃうかって思うんです」

つまり、両親との間で起こっている何らかの問題さえ解決してしまえば、前向きに治療に臨むことができるのではないか。それが壱弥の言い分であった。

「……ですから手術はキャンセルせずに、もう少し時間をいただけませんか」

窺《うかが》うように紡がれる壱弥の言葉を耳に、椹木は眼鏡の奥に潜む双眸《そうぼう》を細めた。そしてゆっくりと口を開く。

「春瀬くんを信じるよ。でも、悠長に悩んでる暇はないってことは覚えとくんやで」

「ありがとうございます」

そう、壱弥はほほえむ椹木に向かって深く頭を下げた。

翌朝、検査結果を伝えるために壱弥は病棟へと続く階段を上がった。非常用階段の大きな扉を開くと、視界がくっきりと明るくなって、大きな窓の外に広がる美しい御苑の緑が飛び込んでくる。その眩しさに目を背けようとしたところで、窓辺のベンチに座る人影が目に映った。

「玄野さん」

できるだけ落ち着いた声で、壱弥はその名前を呼ぶ。しかし、彼女の視線は手元の雑誌に落とされたままで、どうしてか少しも動かない。聞こえていなかったのだろうか、と小夜の近くにまで歩み寄り、もう一度呼名した。

ほんの僅かな沈黙を残し、小夜は手にしていた雑誌で口元を隠しながら小さく吹きだした。同時に壱弥を見上げたことで、ようやく二人の視線は絡み合う。

「わたし、玄野って苗字があんまり好きちゃうねん。そやから、わたしのことは名前で呼んでください」

ぱたりと雑誌を閉じた勢いで、風に巻かれた小夜の柔らかい茶髪が肩から胸元にはらりと零れ落ちる。その無理な要求に、壱弥は少しばかり困った様子で黒髪を掻いた。

「小夜さん……ですか」

「うん、ありがとう。今度苗字で呼んだら返事しいひんからね」

眉尻を下げる壱弥をよそに、小夜は堪えるように小さく肩を揺らす。そして一頻《ひとしき》り笑ったあと、壱弥の纏う白衣の袖を引いて、隣に座るようにと促した。その無垢な少女のような仕草を前に、壱弥はたじろぎながらも彼女の右隣へと座る。

「……小夜さん、昨日はすいませんでした」

「え、何のこと？」

きょとんとした表情で、小夜は壱弥の横顔を見上げた。その素直さが、胸につかえたままの罪悪感を大きく膨らませていく。

「昨日、手術を受けへんって聞いた時、ちゃんと小夜さんの気持ちを理解しようとしいひんまま、一方的に話を切って部屋を出てしまったんで」

不快な思いをさせたのではないか。そう告げる壱弥に、小夜ははっきりと否定した。

「あれはお医者さんとしての客観的な意見やろ。お医者さんが必要な治療勧めるのは当然やし、嫌な気持ちになんかなってへんから大丈夫ですよ。むしろ、そんなこと気にしてはったんですか？」

「そんなことって……」

彼女のあっけからんとした態度を前に、先の懸念が本当に杞憂であったことを思い知らされる。同時に、自分が不甲斐《ふがい》なくも感じられた。

「もしかして、それで今日は元気がなかったん？」

「……はい」

沈むように低い声で首肯すると、小夜は口元を緩ませる。

「でも、それだけじゃないですよね。他にもなんかあった？」

鋭く指摘する言葉を受けて、壱弥は驚いた顔で小夜を見た。なぜそう思うのか、といった疑問が自然と浮かんでくる。

「そんなたいしたことではないんです。ただ、ちょっと嫌なことがあっただけで」

そう否定はしたものの、ここに来るまでにあった出来事を思い出したことで、壱弥の表情がひどく曇った。その様子を見た小夜は小さく溜息をつく。

「先生、そんな顔して否定しても、説得力ないですよ」

「すいません。顔に出てましたか」

苦笑を零すと、小夜は静かに首を縦にふった。壱弥は目を伏せる。

壱弥には、ひとつ上の学年にあたる町田という先輩医師がいた。彼もまた同じ専攻医という立場ではあるが、誰よりもプライドが高く負けず嫌いで、人一倍向上心の強い性格であった。そしてそのプライドの高さゆえに、将来有望と言われる壱弥への当たりは日ごとに強くなるばかりで、嫌みや露骨な言葉を投げつけられることも少なくはない。

それが、壱弥にとって大きな悩みの種であった。

多くの症例数を重ね自己研鑽をしなければならない専攻医にとって、指導医の方針は今後を左右する大きな要素のひとつである。積極的に場数を踏ませるべきだという槌木とは対照的に、町田の指導医は基礎知識を重んじる方針を取っており、望んで執刀ができないこともまた妬みの要因にもなっているようであった。

そのため、壱弥が小夜の担当に就いたことに対しても、連日のように町田から散々な嫌みを言われている。外野の言葉など軽く聞き流すべきだということは分かっている。しかし、どれだけ取り合わないようにしていたとしても、棘《とげ》のある言葉を浴び続けるだけで、小さなストレスが蓄積するように苛立《いらだ》ちを覚えることもまた事実であった。

小夜は手にしていた雑誌を膝の上に置く。

「もしかして、町田先生のこと？」

壱弥は目を見張った。

「なんで、知ってるんですか……」

「知ってるっていうか、昨日の夕方、町田先生が春瀬先生に嫌み言うてるん見てしもたから、なんとなくそうかなって思って」

それは昨夕のカンファレンス後の出来事で、町田からお決まりのように雑言《ぞうごん》を浴びせられたことを指していた。その理由は至って単純で、後輩である壱弥が自分を差し置いて小夜の担当に就いたという事実が、ひどく気に入らなかったらしい。

椹木とともに併診しているとはいえ、脳腫瘍の患者の主治医を務めることは、機械的に言えば手術に参加する権利を獲得したようなものなのだ。種々の事情を知らない町田にとっては、それが壱弥を妬む最大の要因であると言える。

壱弥は申し訳なさそうに眉を寄せた。

「余計なこと聞かせてしもて、すいません」

小夜はどこか悲しげに壱弥を見上げる。

「ああいうこと、よく言われるん？」

「……まぁ、そうですね。でもあの人はあの人なりに努力してるんやろうし、僕に対しての当たりが強いだけで、実際は真面目な人なんやとは思うんです」

決して肩を持つわけではないが、自分に対するあの態度も、彼なりの苦悩の表れであることは理解しているつもりだ。ゆえに、彼の悪態を晒《さら》し上げてまで今更どうにかしたいとは思わない。

「先生、ちょっと優しすぎひん？　そんなんやといつか損するで」

「もうじゅうぶん損な役回りやとは思ってますよ」

自分の立場を鑑《かんが》みると、ほとほと呆れて苦笑が漏れる。

「そうやね。でも話聞いてたら、春瀬先生がどれくらい優秀な人かってことはよく分かったわ」

「そうですか？　僕もそれなりに凡人ですよ」

「またそうやって謙遜するやろ。椹木先生も褒めてはったし、もっと自信満々に図々しく生きたらええのに」

そう楽観的な態度で告げると、小夜は軽やかに立ち上がり、くるりと振り返ってからにんまりと笑った。彼女が纏う白いティーシャツが嫌に明るく見えて、壱弥は無意識に目を細める。自分にはないものを持った彼女がとても眩しくて、同時に少しだけ羨ましくも思えた。

「今更やけど、先生はわたしに用事があって声かけてくれはったんやんな」

また手術の話でもするんですか、と小夜はいたずらっぽく告げる。その皮肉めいた質問に、壱弥はふっと表情を緩ませたあと、彼女を追うように静かに席を立つ。

「そうですね、どちらもです。少し病室でお話ししてもいいですか？」

小夜は承諾の意をほほえみで返すと、ゆったりとした足取りで歩き出した。時折足元をふらつかせる小夜の背中に手を添えて、真っ直ぐに病室を目指していく。

移動距離はたったの数十メートルという短いものではあったが、その短距離でさえも小夜にとってはつらいのか、病室に入った直後、彼女はぐったりとした様子でベッドに座り込んだ。

「大丈夫ですか」

俯く顔は蒼白い。

「少し横になりましょうか」

促すまま仰向けに寝転んだ小夜は、繰り返す呼吸とともに静かに目を閉じる。

「ありがとう。吐き気は先生が処方してくれた薬でよくなってるんやけど、動いた時のめまいがつらいのと、ここに来てからはずっと頭が痛くて……」

その言葉を聞いて、壱弥は入院時に撮影した画像検査を思い出した。

恐らくは髄液の通り道が腫瘍によって圧排され、流れが悪くなって水頭症《すいとうしょう》という病態を来《きた》しているのだろう。検査では第四脳室が変位していたことを覚えている。水頭症になると緩やかに頭蓋内の圧が亢進《こうしん》し、頭痛や嘔気などの症状を呈することが多い。

そう伝えると、小夜は静かに頷いた。

「やっぱり、これも手術でしか治らへんってこと?」

「そういうことになりますね」

めまいが治まったのか小夜は再び目を開き、傍らに立つ壱弥の顔を見つめる。

「昨日の検査の結果って」

「……簡単に言うと悪化してます」

近くにある椅子に腰を下ろしてから、壱弥は落ち着いた声音で告げた。しかし、その結果を聞いてもなお、小夜の表情と視線が揺れることはない。

彼女を真っ直ぐに見据えたまま壱弥は続けていく。

「ですが、専門科の医師に相談したところ、現状やと腎臓腫瘍のほうも手術治療で完治が望めるそうです」

「そうなんですね。でも昨日も言うたと思うけど、手術を受けるつもりはないんです」

消極的な言葉とともに、彼女の瞳に影が差す。その仄暗さとは対照的に、蒼白かったはずの頬にはうっすらと赤みが戻っていた。

「そう言わはるとは思いました。今はそのように受け取っておきますけど、気が変わったらいつでも僕を呼んでください」

ゆったりと丁寧な口調で返すと、小夜は目を細める。

「春瀬先生って、意外と頑固なんやね」

「そっくりそのままお返ししますよ」

真顔で言葉を返す壱弥に、小夜は吹きだすようにして笑った。それにつられて壱弥もまたかすかな笑みを零す。

「じゃあ、お互い様ってことかな」

「そうですね」

ベッドに横たわったまま、呼吸を整えた小夜は白い手を天井に翳した。

「そういえば、先生って時計はしいひんの？　仕事柄、時間管理って厳しそうやけど」

窓から差し込む自然光を受けて、彼女の手首を飾るやや大きめの時計がきらりと艶やかに光った。それを目にした時、彼女が時計会社に勤めていたことを思い出す。

「時計なら一応持ってます」

そう左手で白衣のポケットを探ると、黒い金属ベルトの腕時計を取り出した。その時計は重厚感のある見た目通りにずっしりと重い。

ゆっくりとベッドから身体を起こした小夜は、壱弥の手元を覗き込む。

「いいクロノグラフやのに使ってへんの？」

「使ってへんというか、処置とか手術の時に外さな邪魔になるんで、ポケットに入れといた方が楽かなって思ってます」

もっともらしい理由を語ると、壱弥はそれを隠すようにポケットにしまう。

「小夜さんの時計はスイスのものですか？」

「ううん、これはわたしが初めて自分で作った時計やねん」

当然のように返された言葉を聞いて、壱弥は驚いて声を上げた。

そこには曇りのないシルバーのフレームと、鮮やかなブルーの文字盤で彩られた時計が見える。その美しい文字盤には、九時から十二時の位置にダイアモンドのような鉱石が配置され、彼女が手を動かす度にきらきらと光っていた。

「こんなお洒落な時計、自分で作れるもんなんですか？」

「まぁ、こう見えても時計職人の端くれやからね」

そう彼女は得意げに告げる。

そして慈しむような瞳でその美しい腕時計を撫でた。

「長く大事にされる時計はね、持ち主とともに人生を刻んでいくことになるん。自動巻式時計って、身に着けている人が動かへんかったら自然と停止するやろ。わたしはこの時計と一緒に生きて一緒に死ぬのが夢やねん」

「夢、ですか……」

「うん。そやから先生も、大事にしてる時計はポケットに入れっぱなしにするんじゃなくて、ちゃんと腕につけてあげてな」

彼女の言葉に急《せ》かされるように、壱弥はポケットにしまった時計をもう一度探す。そして今度はしっかりと右手首に巻き付けた。

いつもなら邪魔臭いと思ってしまうそれでさえも、しっかりと身に着けてしまえば身体の一部になったように不思議と重みは感じられない。

「やっぱり、かっこいい時計やから先生に似合うと思った」

小夜は満足げに笑った。花が咲くような笑顔を前に、胸の奥底で燻っていた疑念が再び浮かんでくる。

本当に彼女は死を望んでいるのだろうか。明るく笑う彼女を見ていると、患う病に絶望し、心から治療を拒んでいるようにはどうしても思えない。

言葉を交わせば交わすほど膨らんでいくこの疑念を解くためには、彼女の家族関係を明白にする必要があるだろう。しかし、それは出会ったばかりの人間が気安く踏み入ってはいけない領域で、彼女が抱える闇を暴くことにもなる得る。

それでも、どうにかして彼女を救いたい。

そう、壱弥は決意を固めるように左手を強く握り締めた。


少しずつ色づき始める景色に誘《いざな》われ、小夜はゆっくりと窓の外へと目を向けた。遠くに広がる御苑の景色には、ほんのりとした橙色や黄色の彩りが浮かんでいる。

彼女の担当に就いてからというもの、診察を終えた直後からお決まりのように小夜に雑談を持ちかけられ、気が付くと病室で何気ない言葉を交わすことが日課になっていた。

その時間は一日の中のどれよりも穏やかで、温かくて、多忙な壱弥にとっては唯一心を休められるひとときであった。

「もうすっかり秋になってしもたね」

「そうですね」

茶色の瞳に映り込んだ黄葉が彼女を彩るアクセサリーのようだと思った直後、窓の外へと向けられていた視線が滑らかに移動する。そして、心の内を覗くように真っ直ぐにこちらを見つめたあと、その瞳は彼女が発する声とともに緩やかに足元へと落ちた。

「……先生、実はちょっとだけ行きたいところがあるんやけど」

少しだけ躊躇うように紡がれる言葉に、壱弥はその意図を想像する。

「つまり、外出許可がほしいってことですかね」

瞬間的に明るくなる表情を見て、その解答が正解であったのだと確信した。

「近隣への外出であれば許可は出します」

「え、ほんまに？」

「はい。でも、できるだけ短時間に止《とど》めておいてください」

そう告げた瞬間、小夜は眉を寄せた。怪訝な表情を浮かべながら問う。

「短時間って具体的にはどれくらい？」

「だいたい一時間以内ですかね」

明確な時間制限を伝えると、小夜はがっくりと肩を落とす素振りを見せた。

「そんなん、どこにも出かけられへんやん」

「外出中に体調が悪くなる可能性も否めませんし、本来なら単独での外出は許可できひんところなんですけど」

わざとらしく文句を垂れる小夜に、壱弥は淡々とした口調で続けていく。すると、彼女は何かを閃《ひらめ》いた様子で両掌を打ち合わせた。

なんとなく、よからぬことが起こるような予感がした。

「ほな、春瀬先生が一緒に来てくれるんはどう？」

弾む声で告げられた言葉を聞いて、壱弥は耳を疑った。同時に予感が的中したことを嘆息する。

「僕が、小夜さんと一緒にですか」

「うん、それが一番安心やと思わへん？」

邪《よこしま》な心などひとつもないというように、彼女は曇りのない笑顔を見せる。どのように返すべきかと悩んでいると、小夜は不満げに口先を尖らせた。

「そんなにわたしと出かけるんが嫌？」

「いえ、そういうわけではないですけど……」

否定する言葉とは裏腹に、壱弥はきまりが悪いと言わんばかりに言い淀む。

本心では決して嫌だというわけではないが、医者と患者がともに外出をするという行為そのものが常識的にはあり得ないことで、ゆえにその提案を易々《やすやす》と引き受けてしまってもよいものか、即座に判断することができずにいたのだ。

壱弥は小さく首をふって、余計な考えを頭の中から掻き消した。

「……分かりました。ただ僕は目的地までの往復に付き添うだけですし、上司に知られるとまずいんで、このことは内密にお願いします」

「うん、ありがとう。やっぱり先生って優しいよね」

そう、掌《てのひら》を返すように表情を一変させた小夜に、ようやく自分が彼女の策略にまんまと嵌《はま》ってしまったことに気付く。ただそれも気が付いた時にはもう手遅れで、壱弥は小さな溜息をつくことしかできなかった。


休日の午後。白いシャツにくすんだキャラメル色のカーディガンを纏った壱弥は、静かな御苑の空気を感じながら、待ち合わせ場所である苑内のベンチへと腰を下ろした。ゆっくりと周囲を見回してみても秋の景観に紛れる人影はほとんど見当たらず、それがまるで早朝散歩に出ているような清々しさを感じさせる。心地のよいひんやりとした空気が肌を撫で、目を閉じるとうっかり眠りに落ちてしまいそうになりながらも、壱弥は静かに小夜の到着を待った。

それから十分もしないうちに小夜が姿を見せた。

彼女はベージュのワイドパンツにブラウンのニットを合わせたシンプルな装いで、緩いウエーブのかかった髪はすっきりと後ろでひとつに纏められている。そのまま彼女の顔を見やると、耳元では秋の景色にもよく似合う金色のアクセサリーが揺れていることに気が付いた。

「先生、お待たせ。休日やのにわざわざ来てくれてありがとう」

ほほえみかけるように小夜は柔らかい表情を見せる。その声音は穏やかで、顔色にはほどよい血色感がある。それを見ているだけで、普段よりも症状が落ち着いているということだけは分かった。

「どうしたん？」

様子を窺う視線に気が付いたのか、小夜は不思議そうに首をかしげる。

「いえ、今日は体調がよさそうでよかったと思って」

「あ、いつもの診察やね。ありがとう」

「なんか癖で、すいません」

ゆっくりとベンチから立ち上がると、それに合わせて小夜は視線を上げる。今度は彼女にまじまじと見つめられ、少しだけ居心地の悪さを覚えた。

「ほな、そろそろ行きましょうか」

その視線を振り払うように、壱弥は間之町口《あいのまちぐち》に向かって歩き出す。そのすぐ後ろを楽しそうに歩く小夜の柔らかい髪がふわりと翻った。

丸太町通にある停留所から市バスに乗り込むと、壱弥は窓の外を流れていく景色をぼんやりと眺める。御苑の緑には色づいた木々が目立ち、通りの両側に連立する銀杏の葉は、日に当たるところからゆっくりと黄葉を始めていた。

バスは河原町丸太町の交差点を南に折れ、そのまま立ち並ぶビルの間を抜けてゆったりと走り続けていく。隣に座る小夜を見ると、彼女は目を閉じたまま静かに俯いていた。

それから間もなく河原町三条《かわらまちさんじょう》に到着するというアナウンスを合図に、彼女はようやく伏せていた顔を上げた。

「結構揺れてましたけど、大丈夫でしたか」

ゆっくりとバスを降りてから、彼女は隣に立つ壱弥を見上げる。

「うん、大丈夫。気にかけてくれてありがとう」

「それならよかったです」

ほっと胸を撫でおろしたところで、交差点の信号が青へと変わった。迷うことなく横断歩道を渡る彼女の背中を追いかける。

思えば、成り行きで彼女の外出に付き添うことになり、それからすぐに週末を迎えてしまったことからも、目的地すらも知らないままであった。

河原町といえば、歴史的観光地や洒落た飲食店の多い京都の中心部とも言える。そのような場所を訪問する理由は何だろうか。

「春瀬先生、みたらし団子は好き？」

唐突に尋ねられ、壱弥は少しだけ間の抜けた声を上げた。

「はい、好きですけど」

「よかった。久しぶりに行きたいなぁ思ってたお店があってな、そこ、みたらし団子が有名やねん。ほんまの用事は他にあるんやけど、せっかく先生と一緒に出かけられるんやからゆっくりお茶でもしたいやん」

そう、少しだけ照れたようにほほえむ小夜に、壱弥は戸惑った。

「……一応、道中の付き添いだけって言うたつもりやったんですけど」

「うん、そやから黙って連れてきてん。春瀬先生は真面目やから、正直に言うたら絶対あかんって断ったやろ」

その返答を聞いて、壱弥は自分の愚かさを悔やんだ。

同時に、詰めの甘さに自己嫌悪を抱く。このままではきっと彼女のペースに乗せられ、抜け出すことができなくなってしまうだろう。そうなる前に、どうにかして彼女のことを説得しなければならない。

少しの間考え込んでいると、小夜は悲しげな顔を見せる。

「ごめん、怒ってる……？」

「いいえ、こんなことで怒ったりしませんよ。僕も小夜さんとはゆっくり話したいと思ってましたし、むしろ嬉しいです」

「ほんまに？」

できるだけ柔らかい表情で頷くと、小夜は安心した様子でほほえんだ。

それから河原町通を南へ下がったところで、ようやく目的地に辿り着いたのか、小夜は足を止めた。

そこには薄香色《うすこう》の暖簾《のれん》がかかったお店があって、入り口には「みたらしだんご」と書かれた提灯《ちょうちん》が吊るされている。傍らにあるウインドウディスプレイの奥には、団子を焼く店員の姿が映っていて、入り口の引き戸を開いたその瞬間、香ばしい醤油の匂いがふわりと漂った。

四人掛けの席に案内され、壱弥と小夜は向かい合う形で座席に着いた。そして手渡されたメニューの中から好きなものを選んでいく。

示し合わせたように、みたらし団子に合わせて温かい飲み物を注文した。

「今更ですけど、本来の目的って何やったんですか」

ふと大事なことを思い出し、壱弥は問いかける。

「あぁ、それな。帰国してからずっとゲストハウスに泊まってたんやけど、そこに荷物を預けたままになってるから、それを取りに行きたかってん」

「それって、どこにあるんですか？」

「うーん、病院と御所の間くらいかなぁ」

「すぐそこやないですか……」

つまり、彼女はこのお店に来るためだけに、わざわざ市バスに乗ってまで河原町に足を運んだことになる。

　その事実に呆れて溜息をつくと、小夜はしたり顔で笑った。

　口に含んだ四角いみたらし団子は、甘すぎない素朴で優しい味だった。醤油の香ばしさが残るたれは、柔らかい餅と絡み合いながら舌の上で溶けていく。多すぎず少なすぎず、ほどよい量の甘味を楽しんだあと、雑談を交えながら過ごし、気が付くと一時間が経過していた。

　ようやく店を出て、元来た道を引き返すように辿る。次の目的地は彼女が滞在していたゲストハウスで、そこに向かうためにはもう一度バスに乗る必要があった。しかし、行きしなで感じたバスの揺れは想像以上で、それが小脳症状を有する小夜にとって苦痛となるものであることは想像に難くない。

　壱弥は浮かれた様子で歩く小夜へと声をかける。

「小夜さん、帰りはタクシーにしませんか」

「え、なんで」

「バスやとそこそこ揺れますし、具合が悪くなる可能性もあると思うんで」

　しかし、彼女は首を横にふった。それどころか、そのままバスの停留所さえも通り過ぎてしまう。

「今日は調子ええから大丈夫やで。それに、もっと壱弥くんと話したいし、このままゆっくり歩いて帰ったらあかんかな？」

明るい声音とともに首をかしげる彼女を前に、壱弥は狼狽《うろた》える。

ずっと彼女に振り回されてばかりのはずなのに、どうしてか彼女の我儘《わがまま》が嫌だとは思わない。むしろ、奔放さや明るさが眩しくて、無意識にその光に惹かれていく自分がいることに気付く。

すべてを受け入れることだけが優しさではない。頭では分かっているはずなのに、可憐に咲く花のような笑顔を前にすると、どうしてもその言葉に抗《あらが》うことができなくなってしまうのだ。

そこまで考えたところで、あることに気が付いて顔を上げた。

「俺の名前」

「あ、やっぱりバレた？」

そう、ぺろりと舌先を突き出しておどけてみせる。

「一瞬、気付かへんところでしたけど」

「そのままさらっと流してくれたらよかったのに」

小夜は恥じるように口元で両手の指先を絡めながらほほえんだ。

それから、互いの好きなものや苦手なもの、休日の過ごし方、異国での生活、そんな取り留めのないことをひとつずつ話しながら、次の目的地までの道を二人でゆっくりと歩いた。

時間をかけて御苑の近くにまで戻ってきた頃、ふと見下ろした彼女の顔色が優れないことに気付く。つい先ほどまで見せていたはずの笑顔はどこかに消えて、眉を寄せた険しい表情が身体の不調を物語っていた。

「ちょっと、休みませんか」

静かに声をかけると、小夜は小さく頷いてから壱弥の腕をそっと掴む。目を閉じる彼女の手を取って間之町口から苑内に入ると、ふらつく身体を支えながら歩き、辿り着いたベンチへと座った。

俯いたまま、小夜は浅い呼吸を繰り返す。

「大丈夫ですか？」

「……うん、ちょっとだけ落ち着いたかな」

隣に座る壱弥に身体を預けながら、小夜は弱々しい声で告げる。

「無理させてしもてすいません」

そう、壱弥は視線を足元に落としたまま謝罪した。しかし、彼女は少しだけ驚いた様子でそれを否定する。

「なんで壱弥くんが謝るん。全部わたしの我儘のせいやのに」

それでも、もっと話がしたいと彼女に言われた時、ほんの一瞬でも穏やかな時間が続けばいいと思ってしまったのだ。それは己の気持ちを優先して、彼女の病状を第一に考えられていなかった結果であるとも言える。

そう伝えると、「ほんまに真面目やねんから」と、彼女は苦笑した。

ようやくめまいが治まった頃、いくらか血色を取り戻した顔で、小夜は壱弥の横顔をゆっくりと見上げた。

緩やかに傾き始めた太陽の光が背後から反射して、彼女の表情を隠してしまう。その表情を探ろうと目を細めたその瞬間、冷たい秋風が吹いて、警鐘を鳴らすように木々の葉がざわざわと揺れた。

「嫌やなかったら、壱弥くんのこともっと色々聞かせてもらっていい？　黙ってたらなんか落ち着かへんくて」

その言葉に首肯すると、彼女は目を閉じたまま続く言葉をゆっくりと選んでいく。

「今更やけど、壱弥くんって京都出身なん？」

「そうですね、出身は京都です。育ちはほぼ兵庫ですけど」

「そうなんや。大人になってから京都に戻って来たって感じ？」

「はい、高校からですね。三歳上の兄がいるんで、兄が京都の大学に進学する時に一緒に戻ってきました」

ひとつずつ丁寧に答えていくと、彼女は「仲ええんやなぁ」と言って笑った。

「お兄さんは何してはる人なん？」

「兄はそのへんで消化器内科医してますね」

「へぇ、お兄さんもお医者さんなんや。兄弟二人ともって凄いね。親からしたら、自慢の息子やろなぁ」

「そう、ですかね」

痛いところに言及され、思わず言葉を濁した。小夜は不思議そうな顔を見せる。その純粋なまなざしが、壱弥の心を掻き乱していく。

「もしかして、ご両親とは仲良くないん？」

「いえ、両親は子供の頃に亡くなってて……育ての親は伯父母なんです。伯父母とも仲が悪いってわけではないんですけど、なんとなく罪悪感が拭えへんくて……」

その言葉の意味が理解できない様子で、小夜は首をかしげた。

「罪悪感って、なんか悪いことでもしたん？」

壱弥は首をふる。

決して何かがあったわけではない。ただ彼らの期待に応えられない自分が不甲斐なく、一方的に伯父母に対する罪悪感や、優秀な兄に対する劣等感を抱いてしまっているだけなのだ。

そう告げると、小夜は少しだけ悲しそうな顔を見せた。

心を落ち着かせるために、壱弥は深呼吸をする。

「……そやから人一倍努力せなあかんって、そう思いながら今まで生きてきました。学生の間は良かったんです。勉強してたらどうにかなってたし、あんまり苦労せんとここまで来たほうやとは思ってます。でも、研修が終わって脳外科医として働き始めてからは、勉強も手につかへんくらい忙しくて、なんでもっと要領よくできひんのやろって自己嫌悪に陥ることばっかりで」

小夜はゆっくりと相槌《あいづち》を打つ。

「でもこのまま忙しさにかまけてたら、周囲に置いてかれてしまう。そう思うと、休息することと自体が怖くなってしもたんです」

休息、というのが正しい表現であるのかは分からない。

ただ一度でも足を休めてしまえば、もう二度と前に進むことができなくなるのではないか。自分だけが周囲に取り残され、期待外れだと見限られてしまうのではないか。そういった恐怖心がどうしても拭いきれず、弱い部分を潰すように寝る間も惜しんで自己研鑽に励み続けた。

そんな生活を続けていれば、きっといつかは綻びが生まれていただろう。どこかで身体を駄目にしていた可能性だって否めない。

壱弥は一言ずつ言葉を選ぶようにして静かに話していく。

「……多分、周囲の期待に応えやなって、一人で焦ってただけなんやとは思います。でも小夜さんと出会って、こうやってゆっくり話してたら、なんでもない時間を過ごすことも大事なんやって、そう思えるようになったんです」

彼女と言葉を交わし、穏やかな時間を共有したことで、ようやくゆっくりと息を継ぐことができるようになったのだ。そうやって過ごしていくうちに、時間の流れに恐怖心を抱くこともなくなり、時計を見ることも、移ろう景色を見ることも、恐ろしいものだと思わないようになった。

壱弥は右腕の時計へと目を向ける。

時刻は午後四時ちょうどを示していた。

「……そっか。壱弥くんは子供の頃からずっと頑張ってきたんやね」

そう、小夜は静かに告げる。

「でも、周囲の期待になんか応えへんくてもいいと思うよ」

「……そういうもんですかね」

「うん。やって、周囲の人が勝手に期待して勝手にがっかりしたとしても、それは壱弥くんじゃない他人の価値観やろ。誰かにがっかりされたとしても、それは壱弥くん自身の存在価値とはまったく関係ない。そやから、苦しい思いしてまで頑張る必要なんてないと思うねん」

その言葉に、壱弥ははっとして琥珀色の瞳で小夜を見やった。

彼女は変わらずゆったりとした口調で話す。

「それに、壱弥くんは頑張りすぎなくらいやから、もっと自分のこと褒めてあげてほしいって、わたしは思うよ。もっと我儘になってもいいやろし、嫌なことあったらちょっとくらい言い返しても罰《ばち》は当たらへん。我慢し続けてたら息苦しくなってしまうやろ」

そう柔らかく告げてから、小夜は静かに壱弥の手に自分の手を重ねる。その手に指先を絡めるようにして握り返すと、冷えた手に彼女の体温がゆっくりと移動してくるのが分かった。

「なんで、小夜さんはそんなに優しいんですか」

茶色い瞳を覗き込みながら、できるだけ落ち着いた声で尋ねかける。すると小夜は小さくほほえみながら絡めていた手を静かに解いた。

「嘘やと思うかもしれへんけど、わたし、壱弥くんのこと結構好きやねんで。もしもわたしが病気じゃなくて、出会った場所も病院じゃなかったとしたら、ほんまの意味で好きになってたやろなって思うくらい」

明るい声音で告げられたはずなのに、その言葉にはどこか悲哀の色が浮かんでいるようにも聞こえる。

もしも彼女が病気ではなかったら？

医者と患者の立場ではなくて、別の形で出会っていたとしたら？

ありえないとは分かっていても、どうしてか蝋燭《ろうそく》の炎のようにゆらゆらと感情が揺らいでいく。

「困らせてごめんね」

そう、小夜は滲む涙を指先で拭い取った。その姿を前にして、自分の無力さに息が詰まる。何も言い返せないまま黙っていると、彼女は寂しげに続けていく。

「でもな、壱弥くんのこと見てると、そんな幻みたいなこと考えてしまうねん。ほんまは病気になんてなりたくなかったし、死ぬのだって怖い。もっと生きたいって、そう思ってしまう。死ぬことよりも、一人で生きてくことの方がずっと怖いはずやのに、なんでなんかな……」

秘めていた感情が暴かれるように、溢れ続ける涙を両手の甲で何度も拭う。しかし、それは次から次へと溢れ出して止《や》むことを知らない。

小さく身体を丸めてすすり泣く彼女に向かって、壱弥は躊躇いながらもゆっくりと手を伸ばす。そして柔らかく包み込むようにして彼女を抱き締めた。

「小夜さん、あなたのことは俺が必ず助けます。絶対に一人にはさせません。そやから、手術のこと、もう一度考え直してもらえませんか」

声が、乾いた空気にしみるように響く。

「俺は、小夜さんに生きてほしいんです」

生きて、ずっと変わらず花のような笑顔を見せてほしい。

そう、心の底から思っていることを真っ直ぐに伝えると、小夜は強く抱き締める壱弥の手を上から優しく握り締める。そしてその腕をゆっくりと解いた。

「……そんなん、プロポーズされてるみたいやん」

「すいません。でも、これは俺の我儘やって思ってください」

「ここで我儘言うん、ずるいと思う」

苦笑しながら謝る壱弥に、小夜は首を横にふってから「ありがとう」と、いつもの笑顔を見せる。

「ちょっとだけ、歩きながら話してもいい？」

立ち上がる小夜を見守りながら、壱弥もまたベンチから腰を上げた。そして砂利道に足を取られないように慎重に前へと進んでいく。

そのまま北へと上がっていくと、京都御所の正面にある建礼門《けんれいもん》が姿を見せ、その周囲には青々とした松の木や、うっすらと赤みを帯びた紅葉が広がっていた。

広大な御苑の庭を見回すと、散歩を楽しむ老夫婦や賑やかに走り回る幼い子供たちの姿が見える。その姿を見つめながら小夜は柔らかくほほえんだ。

「わたしも小さい時はよく御苑で遊んだなぁ……」

絨毯のように敷かれた落ち葉を踏み、くしゃくしゃと擦《こす》れる音を耳にしながら、秋色で満たされた木々の間を何度も走り回った。小夜は一人娘であったゆえに、いつも近くに住む同級生やその兄弟たちと一緒に遊びに出かけていたそうだ。

前をしっかりと見据えたまま、小夜は口を開く。

「壱弥くんも薄々気付いてると思うけど、わたしな、両親に縁切られてしもてんねん」

その瞬間、壱弥は小夜を見下ろす。

「それは直接、ご両親に絶縁やって言われたってことですか？」

「ううん。そういうわけではないけど、父に帰ってくる場所はないって言われてしもたから……」

どうしてそんなことになってしまったのか。その理由を尋ねると、小夜は自虐的な笑みを浮かべたあと、ゆっくりと過去を想起するように話し始めた。

時計屋を営む両親のもとに生まれ、幼い頃より時計職人に憧れていた彼女は、高校を卒業すると同時に単身でフランスに渡り、一年間の語学留学を経てスイスにある時計学校へと入学する。それは、卒業後には必ず帰国するということを条件に、両親の支援をもって成し得たことであった。

しかし、時計学校に通いながら様々なアトリエを見ているうちに、小夜はスイスに残って時計職人としての経験を積んでいきたいと思うようになる。卒業を目前にして、どうしてもスイスに残ることを諦められなかった彼女は、反対されることを理解しながらもその想いを素直に両親へと打ち明けたそうだ。

しかし当然の如く両親からは反対され、決着がつかないまま一度は帰国を決意するものの、自分の夢を応援してもらえなかったという事実から父親と口論になり、そのまま家を飛び出してしまったという。

それが約五年前の出来事で、実家を離れた小夜はスイスへと戻り、現在に至る。

小夜は静かに耳を傾ける壱弥へと視線を流す。

「母とは仲も良かったから、スイスにいる間も最低限のやり取りはしてたんやけど、病気になったってことはどうしても言いづらくてな。結局、何も言わんまま帰国することになってしもてん」

そう、ゆっくりと息を継ぐ。

「でも、八月に帰国してから、病院に行く前にちゃんと話だけはしとこうって思って、実家には顔出したんやで」

それは彼女なりの決意の表れでもあって、躊躇いながらも、病気のことを伝えるつもりで足を踏み出したはずだった。

それなのに小夜の姿を見た父親は、話をする間もなく「お前の帰ってくる場所はない」

と即座に冷たく言い捨てたのだ。

　勇気を出して踏み出した結果がその有様だった。それは自分がもう娘ではないのだといら事実を突きつけられたようで、小夜はひどく傷つき、それ以降は実家を頼ることができなかったという。

「そやから、わたしにはもう帰るところなんてない。いつか実家の時計屋を継ぐつもりで留学したはずやのに、それで家族に縁切られてしもたんやから、今までなんのために頑張ってきたんかも分からへんよね……」

　小夜はどこか悲しげに笑った。

　その表情を見て、壱弥は些細な疑問を抱く。

「小夜さんは、ご両親との関係を取り戻したいって思ってるんですか」

「どうかなぁ……。お父さん、頑固やからわたしのこと許してくれへんかもしれへんし」

　それなら何故、彼女はスイスに戻ろうとしなかったのだろうか。

　治療をしないのであれば、早々にスイスに戻ることだってできたはずだ。それでも、治療をしないと決めた彼女が日本に留まり続けていたのは、やはり両親との和解を諦めきれていないから、なのではないだろうか。

　そう告げると、小夜は僅かに表情を歪《ゆが》めた。

「憶測だけで、ほんまに諦めてしまってもいいんですか」

いつの間にか目の前には大きな銀杏の木があって、まだ青いその葉を秋風がさわさわと揺らす。柔らかく染まり始めた空を見上げながら、彼女はか細い声を上げた。

「諦め……たくない……」

その言葉に、壱弥はふっと口元を緩ませた。


どんよりとした雨雲が空を覆い隠し、気が付くとぱらぱらと雨が降り始めていた。

多くのスタッフが行き来するスタッフステーションの片隅で、壱弥はカルテ画面とにらめっこをしている。いつの時も病状の芳《かんば》しくない患者はいるもので、今朝の採血結果を見て頭を悩ませていた。

「春瀬くん」

背後から近付く気配に振り返ると、そこには指導医である榿木の姿があった。

「玄野さんの母親と連絡が取れたって聞いたで」

「はい。ようやく電話が繋がって、夕方にはこちらに来られる予定です」

「そうか、たった一週間でほんまにどうにかしてくれるとは思わへんかったよ」

さすがやな、と榿木は眼鏡の奥で目を細める。

しかし壱弥は小さく相槌を打つばかりで、喜ぶような素振りを見せない。

「どうしたん？　他にもなんか気がかりなことでもあるん？」

「気がかりといいますか、玄野さんの話を聞いてて気になることがいくつかあって。もしかしたら、彼女はなんか重大な勘違いをしてるんやないかって思うんです。それを解決しやな、ほんまの意味で前向きに手術に臨めへんような気がしてて」

「なんや、探偵みたいなこと言うんやな」

椹木の言葉に壱弥は苦笑した。

「謎を解くにはまだまだ情報が足りひんので、病状説明のあとで少しだけ母親と話ができればと思ってます」

壱弥の返答に、椹木もまたくすりと笑う。

「うん。それが必要やって思うことなんやったら、時間取ったらええと思うよ」

そう言って、椹木は壱弥の隣に腰を下ろす。そしてつい先ほどから開かれたままのカルテ画面を覗き込んだ。


日も緩やかに傾き始めた夕刻。

約束の時刻を目前に、壱弥は面談室と称された小さな個室の扉を開いた。中には中年の女性が座っていて、彼女はこちらを見るなり深々と頭を下げる。それに合わせ、壱弥もまた会釈を返した。

「脳外科の春瀬です。玄野小夜さんのお母様でしょうか」

「はい。娘がお世話になってます」

そう、女性は小夜とよく似た柔らかい笑顔でもう一度頭を下げた。

家族情報に記載された内容によると、母親の名前は玄野佳矢といい、この病院から徒歩数分程度の場所に居を構えているらしい。

本日の朝、母親の連絡先を聞き出し電話をかけたところ、やはり彼女は娘である小夜が入院しているという事実を一切知らない様子だった。ゆえに、驚いた母親は連絡を入れたばかりであるにもかかわらず、すぐに足を運んでくれたという状況であった。

簡単な挨拶を交わしてから間もなく、看護師に連れられた小夜が姿を見せる。少し気まずそうに目線を下げたまま個室に入る小夜に、想像よりもずっと元気であることに安心したのか、佳矢は胸を撫でおろした。

彼女たちと向かい合う形で席に着き、手にしていた書類を伏せてから、壱弥は傍らのパソコンを操作し小夜のカルテを開く。そして入院後に撮影した画像検査の結果を画面に映し出すと、平素な言葉で分かりやすく説明を行った。

佳矢は硬い表情のまま、壱弥の言葉に耳を傾ける。

「――手術に関しての説明は以上です」

質問の有無を尋ねる壱弥に、佳矢は静かに首を横にふった。しかしその表情には僅かな疑念の色が浮かんでいる。

「手術に関係ないことでも、なにか気になることがありましたら、聞いてくださっても構いませんよ」

その言葉を耳に、佳矢が口を開く。

「病気を二か月間も放置してて、それが後々悪いことにならへんかっていうんが気がかりなんですけど……」

「そうですよね。心配されるのも当然だと思います」

出来るだけ柔らかい口調で共感を示すと、隣に座る小夜が視線を落とすのが分かった。その視線は手元の同意書ではなく、虚空を彷徨《さまよ》うようにどこか別のところに向けられている。

「ですが、現状では大きな問題にはならないと考えています。腎臓の腫瘍に関しても、ごく僅かに増大してはいますが、手術での摘出もじゅうぶん可能な状態だということには変わりありません」

「……それならよかったです」

はっきりとした返答を聞いて、ようやく佳矢の表情が和らいだ。しかし小夜の表情は強張ったままで、机の上で重ねられた指先がかすかに震えているようにも見える。

「小夜さん」

名を呼ぶと、はっとして彼女は顔を上げた。

その顔色は随分と蒼く見えるものの、呼吸が乱れている様子はない。

「先日に話したこと、お母様にお伝えしても大丈夫ですか？」

そう、ゆっくりと尋ねると、小夜はこくりと頷いた。

礼を告げてから佳矢に視線を送ると、彼女は不思議そうな顔でこちらを見る。

「……小夜さんとご両親の関係のことで、少しお伺いしたいことがあります」

きっとこれは医師としての務めの範囲を超えた行為でもある。

それでも、どうにかして彼女の心を救いたい。そう思ってしまったのだ。一度抱いてしまったその感情は、簡単に取り消せるものではない。

壱弥はゆっくりと言葉を選びながら話していく。

「お母様は、なんで小夜さんが二か月間もご病気をそのままにしてたんか、疑問には思いませんでしたか」

ゆっくりと佳矢が首をふった。

ようやくその奇妙な事実に気が付いたのだろう。彼女の瞳が揺れるのが分かった。

「これは僕の憶測にすぎませんが、小夜さんとご両親の間には、大きな認識のずれがあったのではないかと考えています」

「どういう意味ですか……？」

いまひとつはっきりと状況が理解できていないようで、佳矢は怪訝な顔を見せる。

「小夜さんが日本に帰国したのは約二か月前の八月末のことです。帰国当初、小夜さんは日本で治療を受けるつもりでおられました」

それは彼女から直接聞いたことであった。そして問題はこの先にある。

壱弥はゆっくりと息を継ぐ。

「ですが小夜さんは帰国することも、ご病気のことも、なにひとつご両親に伝えていませんでした。その理由がお分かりになりますか？」

静かに響く壱弥の声に、佳矢は眉を寄せた。

「……なんか特別な理由があるってことですか」

「はい。小夜さんが何も伝えないまま帰国を決めたのは、ご両親に対しての後ろめたさがあったからやと、僕は考えています」

そして後ろめたさを抱いた理由は、五年前の出来事によるものだと推測できる。

確か、スイスでの就職に反対を受けたことで父親と口論になり、そのまま家を飛び出したのだと話していたはずだ。それは自分の意志を貫き通した結果でもあり、縁を切られるのも当然の帰結であると思っていた。

そのような関係にあった手前、今更両親を頼るべきではないと思い悩み、自分が病気であることも、日本で治療を受けたいと考えていることも、素直に伝えることができなかったのだろう。

その結果、後ろめたさを抱えたまま帰国するに至ってしまったのだ。

「お母様はご存じではないかもしれませんが、八月末の帰国時に、小夜さんは一度ご実家を訪問しています」

「えっ……？」

佳矢が目を大きく見張った。

やはり、父親がその事実を母親に伝えていなかったのだろう。それは父親が小夜に対して放った突き放すような言葉とも深く関係していると考えられる。

「その時、お父様は小夜さんの話も聞かずに、すぐに追い返してしまったそうです。ですが、その行動にも少なからず理由があると思うんです」

そこまで聞いて、ようやく小夜は顔を上げた。

「お父様が小夜さんに対して厳しいことを言ったのも、小夜さんが夢を諦めてしまったもんやと勘違いした結果やったんやないでしょうか」

八月の末日、小夜が帰国することを伝えずに実家を訪問した時、そこに佳矢はおらず、父親が彼女を出迎えることになった。

しかし、後ろめたさを拭いきれなかった小夜は、父親の姿を前にして萎縮し、何から話すべきかと戸惑いまごついた。動揺する彼女の姿から後ろめたい心を感じ取った父親は、娘が疚《やま》しい理由を抱えているということを察する。

　その理由を考えた結果、彼女が病気を抱えているとも知らず、志半ばで帰国したのだと思ってしまったのだろう。

「五年前、小夜さんがスイスに残ることを反対した理由は、親として異国の地で働く厳しさを案じてのことですよね。そのような逆境にも屈することなく夢に向かって突き進む小夜さんのことを、きっとご両親は誇らしく思っていたはずです」

　真っ直ぐに告げる壱弥の言葉に、佳矢は目元を押さえながらゆっくりと頷く。その隣で今にも泣き出しそうな顔を見せる小夜に向かって、壱弥は柔らかくほほえんだ。

「ですから、お父様はあなたのことを心から励まそうとしたんやないでしょうか」

　そして、父親が娘の帰国を母親に伝えなかったのは、自慢の娘が夢を諦めて帰って来たという事実を悟られないようにするためで、勘違いであったとはいえ、それは父親なりに彼女を想ってのことだったのだろう。

　眉を寄せたまま、小夜はぽつりと零す。

「……なんでそんな回りくどいことしたんやろ」

「それは、小夜さんがご両親に対して素直になれへんかったのと同じように、お父様もまた真っ直ぐに伝えることを躊躇ったから、ではないでしょうか」

　厳しい言葉を放ってしまったのも、励ます気持ちを素直に伝えることができなかったからであり、突き放すことで彼女がスイスに戻ると踏んでのことだったのだろう。過去の出来事を理由に、心のどこかで後ろめたい気持ちを抱き、お互いが素直になれなかったことですれ違いが起こってしまったのだ。

佳矢は隣に座る小夜の背中に手を添える。

「お父さん、昔から頑固やし、ちょっと言葉足らずなところあったもんな」

「……うん」

「でも、お父さんも私も、スイスで頑張ってる小夜のこと心から応援してたし、ずっと大事に思ってたんやで。それは嘘じゃないよ」

優しく渡される想いに、小夜は目を大きく瞬かせた。そして堪えていた涙をぽろぽろと零す。

それは降り続く雨と同じように、いつまでも彼女の頬を濡らしていた。


翌週、カテーテルによる血管塞栓術を行った二日後、約八時間にも及ぶ大手術を乗り越えた小夜は、集中治療室で一夜を過ごしていた。手術の影響で一時的に小脳症状が増悪したものの、術後に大きな問題が起こることはなく、翌日には集中治療室を退出することになった。

寝不足の身体を引きずりながら、壱弥は退出したばかりの小夜の病室を目指す。訪ねた病室では若い女性看護師と談笑する小夜の姿があった。

「あ、春瀬先生」

小夜はどこか嬉しそうに小さく手を振った。診察ですか、と告げる看護師に、壱弥は控えめに返事をする。

「すいません、少しだけ大丈夫ですか？　それと、退室後の指示はカルテに記載しておいたんで、確認してもらえると助かります」

「分かりました。玄野さん、また来ますね」

そう言って、看護師は小夜に会釈をしてから退室する。ほほえむ小夜を見ると、昨日とは異なって体調も格段と安定していることが分かった。

「お加減はいかがですか」

「お薬も飲んだし、吐き気止めの注射もしてもらったから今は大丈夫やで。ありがとう」

「それならよかったです」

「今朝はこのまま死ぬかもしれんってくらいしんどかったけど、お陰様で」

彼女はにっこりと笑った。

それからいくつかの診察と術後に行う検査の説明を済ませたあと、いつもの如く負担にならない程度の軽い雑談を交わしていく。柔らかい彼女の笑顔に目を奪われていると、不安げな表情でこちらを見る彼女の姿に気が付いた。

「なぁ壱弥くん、なんか体調悪そうに見えるけど大丈夫……？」

「え、そうですか？」

予想外のことを尋ねられ、壱弥は間の抜けた声を漏らした。

「ほんまに？　しんどいとかない？」

「……俺、そんなにひどい顔してますか」

左手で自分の頬に触れてみたものの、熱っぽさを感じることもなく、いつもと特別変わりはないように思う。確かに昨日の長時間手術に加え、連日の激務による疲労感を自覚してはいるが、それは通常運転にも近い。

「うん、さすがにちょっと休ませてもらった方がいいと思うけど」

彼女の言葉に言いくるめられるまま病室を離れ、鏡を見てみると、指摘された通り蒼白い顔をした自分が映っていた。手術を無事に終えたという安心感から、緊張の糸が解けたことが原因なのかもしれない。

彼女の言う通り、少しだけ身体を休めようと医局に戻ったところで、ばったりと町田に出くわした。無意識に顔が強張るのが分かる。いつもならば、睨むような視線とともに敵対心を剥き出しにしたような言葉を浴びせられるはずだった。

しかし、どうしてか彼は怪訝な顔でゆっくりとこちらに近付いてくる。

「春瀬先生、なんや具合悪そうやな」

「……やっぱり、そう見えますか」

「あぁ、今にも死にそうな顔してんで」

それくらい蒼い顔をしていると言われ、壱弥は顔を伏せる。その様子を見てか、町田はデスクの椅子を引いた。

「とりあえず座って休んどき。椹木先生には僕から連絡しとくから」

「すいません、お手数おかけして……」

「そんなんええよ。僕も本調子じゃない君に喧嘩《けんか》売るつもりはないし」

そう、町田はひらひらと手を振った。そして白衣のポケットからＰＨＳを取り出すと、手際よく電話をかける。そのあっさりとした態度を前に、壱弥は呆気《あっけ》にとられたまま彼の背中を見やった。

同時に、喧嘩を売っている自覚はあるのかと、思わず笑ってしまった。

それから休息を挟みながら仕事を進めてはいたものの、やはり夕方には熱が上がり、椹木の配慮によって早退をすることになった。そのまま二日間の休養を取得し、足元をふらつかせながらもかろうじて自力で帰宅した壱弥は、遠のく意識とともに重い身体をベッドに沈めた。

その後も熱に浮かされて何度も覚醒を繰り返しながら、ようやく深い眠りに就けたのは翌日の未明のことであった。

二日間の休養を終えて仕事へ復帰した壱弥は、予定通り週末に控えていた執刀に臨むことになる。患者の担当である椹木からは、大事をとって町田に交代してもらうことを提案されたが、自分が執刀したいという意思を伝えた結果であった。

椹木の配慮で交代要員として町田が控えることになったことは知らず、手術前に棘のある言葉を浴びせられたのは言うまでもない。

それでも、与えられたチャンスを自ら手放すことだけはしたくない。椹木の提案に従わなかったのも、珍しく町田に反抗するような言葉を返したのも、すべて彼女に貰った言葉を思い出したことが理由だった。

――もっと我儘になってもいい。嫌なことがあったら言い返してもいい。

その言葉を大切に胸の内に秘めたまま、壱弥は手術に臨んだ。

約五時間の手術が無事に終了したところで、壱弥は深く息を吐いてから静かに目を閉じた。くらくらとめまいがする。なんとか集中を切らさずに手術を終えることはできたものの、やはり体調が思わしくないことは自分が一番よく分かる。

「やっぱり本調子じゃなさそうやったね」

指導医からの指摘を受けて、壱弥は気まずそうに目を伏せた。

「……すいません」

「まぁ、反省会はあとでしよか。町田先生もありがとう」

「いえ、お疲れ様でした」

椹木の言葉に、町田は軽く頭を下げる。

「ほな、入室の対応は僕がしとくから、あとは町田先生に任せて春瀬くんはすぐに休むこと。ええな？」

「……はい」

手袋を外し、ガウンを脱いでからもう一度ゆっくりと目を閉じる。揺れるようなめまいさえ治まってしまえば、あとはどうにでもなるだろう。

視界を遮断したせいか、背後で手術器具をカウントするかちゃかちゃとした硬質な音が嫌に頭に響く。

「春瀬先生」

はっとして目を開くと、そこには険しい顔をした町田がいた。

「体調、まだ戻ってへんかったんやね」

物腰は柔らかいものの、その声音からはどこか苛立ちが伝わってくる。サージカルキャップの下から覗く切れ長の目は睨むようにこちらへと向けられていて、自分の落ち度を理解しているだけに、ひどくいたたまれない気持ちになった。

町田はゆっくりと壱弥に詰め寄り、次には威圧的に術衣の胸元を掴む。

「なんで、体調悪いまま執刀したん？　いけると思った、では済まへんってことは分かるよな」

その場に居合わせた看護師が、仲裁に入るべきかとおろおろとしているのが見えた。

「……はい。自己管理が甘かった自覚はありますし、危険なことをしたのも分かります。先輩にフォローさせることになってしもて、すいません」

小さく頭を下げると、町田はばつが悪そうな顔で深く息を吐いた。

「まぁ、自分で執刀したいって気持ちは分かるけど、見逃せることではないと思うで。椹木先生は君に甘いから、簡単に許してしまうんやろけどね」

ふっと鼻で笑いながら、身体を押しのけるようにして彼の手が離された。

たいして強い力ではなかったはずなのに、揺さぶられたせいなのか、ふわりと揺れるようなめまいが誘発される。しまった、と思った時には視界が眩むように歪み、そのままバランスを崩す。

咄嗟に左手で受け身を取ろうとした。

しかし、背後にあった何かに衝突し、そのまま転げ落ちるようにして床に倒れ込む。大きな音とともに左側頭部を打撲し、同時に左腕に鋭い痛みが走ったような気がした。

揺れる視界の中で、周囲の人が悲鳴にも近い声を上げているのが分かる。

身体を起こそうとしたものの、どうしてか腕に力が入らず、ぼんやりとしていた意識は緩やかに融けるように水底に沈んでいった。

靄《もや》がかかったような意識の中で唯一理解ができたのは、自分が病室のベッドのような場所に寝かされているということだけだった。目が覚めた時には知らない場所にいて、状況ははっきりと分からない。

次第に明瞭になる意識とともに目を開くと、周囲には複数の医療機器があることに気が付いた。頭元では生体モニターの音が一定のリズムを刻んでいる。ベッドの右側に目を向けると、機械に灯る緑色の光が点滅を繰り返し、それが視界の端にちらついていた。

左腕を支えにして上体を起こそうとする。

しかし、左腕はその意識に反してずっしりと重く、どうしてか上手く肘を動かすことができない。何が起こったのだろう、と左手を宙に掲げてみると、上腕から手首までが白い包帯のようなもので覆い隠されているのが見える。

指が動かない。感覚がない。そう気が付いた時には視界がぐらりと揺れて、状況を呑み込めないまま再び深い眠りに落ちた。

指導医である椹木が深刻な面持ちで椅子に座っている。

話によると、体調が回復しないまま手術を終えたあの日、町田といくつかのやり取りを重ねたあと、壱弥は彼に押しのけられる形で手術器具が並ぶ台に倒れ込んだそうだ。その時、咄嗟に利き手である左手で受け身を取ろうとしたせいで、鋭利な器具で前腕を損傷したという状況だった。

損傷は想像よりも深刻で、刃が突き刺さるようにして腕を傷つけたことにより、尺骨動《しゃっこつ》脈とともに尺骨神経と正中神経を損傷する深さにまで及んでいたそうで、緊急で神経や動脈の吻合《ふんごう》術が行われたという。今は修復した神経にかかる負荷を避けるためか、左手は肘を曲げた状態で固定されている。

また、術後の状態も安定していることからも、取り巻く医療機器もほとんどが取り払われていた。

しかし神経損傷のせいで、左手の前腕から指先までの感覚は失われ、指先のほとんどが上手く動かせない状態であった。それは外科医としての生命線を絶たれてしまったのと同然で、その突きつけられた現実をどうしても受け止められずにいた。

椹木がかける言葉にもどこか上の空で、先ほどから何度も繰り返し空返事をしているように思う。

目を細めながら、椹木は静かな口調で壱弥へと質問する。

「その場にいた手術室の看護師さんは、町田先生が春瀬くんを突き飛ばしたって言うてるみたいなんやけど、間違いないんやんな」

「……はっきりとは覚えてません」

壱弥はベッドに横たわったままゆっくりと目を閉じる。

椹木は困ったように溜息をついた。

「ほんまに、覚えてへんのやな？　正直に言うと、故意に春瀬くんに怪我させようとした可能性も否定しきれへんし、上があることないこと言うてるみたいで困ってんねん」

本当は、彼に術衣を掴まれたことも、彼に身体を押されたことも覚えている。

しかしそれを話してしまえば、真相がどうであれ、彼に悪意があったと捉えられてもおかしくない状況になる。そして故意であると認められた場合、間違いなく町田は臨床の場から追放されることになるだろう。

それだけではなく、自分が揉め事を起こしてしまったせいで、指導医である椹木にまで何らかの処分が下される可能性も否定できない。

そうなることだけは避けたい。

壱弥は口を開く。

「元を正せば、僕が万全じゃない状態で手術に入ったのが悪いんです」

町田はその落ち度を指摘しただけで、そこに個人的に妬む感情があったとしても正論であることには変わりない。

それに壱弥に対する当たりが強かったのも、彼が医師として貪欲に努力を重ねている人であるからこそなのだ。

そんな真っ直ぐな人間を落とすようなことはしたくない。

そう震える声で告げると、樵木は苦しげな顔を見せた。

「君は、彼に悪意がなかったって庇《かば》うんやな……ほんまは僕が君のこと助けてあげやなあかんのに、ごめんな」

眼鏡の奥で目を伏せる樵木に、壱弥はうっすらと涙を浮かべながら首をふった。

「期待に応えられへんくてすいません……」

その言葉とともに、泣き崩れるように右手で顔を覆った。その様子を見つめながら、樵木は壱弥へと声をかける。

「僕は、時間がかかってでも君にはこの世界に戻ってきてほしいと思ってる」

だから絶対に、諦めないでほしい。

これから厳しいリハビリテーションを行う中で、きっと苦しくなってしまうことだってあるだろう。その時は帰りを待っている人がいるということを思い出してほしい。

そう、樵木は壱弥に向かって頭を下げた。

爽やかな秋晴れの日だった。

窓から見える御苑の景色には、くっきりとした黄金色の銀杏が輝いている。この窓辺で初めて彼女と出会ったのは、まだ十月の中旬で、秋もようやく深まってきたと思う頃だった。それからひと月余りが経過し、今は美しい紅葉も緩やかに終わりを迎えている。

散り行く銀杏をぼんやりと眺めていると、遠くから近付く足音が耳に届く。

指導医である槻木が彼女の担当を引き継いだということは知らされていた。大きなトラブルもなく順調に経過し、術後の検査では全摘出と言える所見であったことも知っている。本日退院することも、一週間後には腎臓の手術のために再入院となることも、すべて指導医から聞かされていた。

本当は会いに来るべきではなかったのかもしれない。

それでも、彼女には直接会って謝罪したい。その一心で、ここに立っていた。

柔らかい女声が壱弥の名前を呼ぶ。振り返ると、今にも泣きそうな表情をした小夜が駆け寄ってくるのが見えた。

「もう会えへんかと思ってた。ほんまに心配したんやからね……」

そう言って、彼女は滲む涙を指先で拭う。

「すいません。小夜さんのこと絶対に助けるって言うたのに、最後まで診ることができひんくて……」

「ううん」

首を横にふる小夜を見ると、申し訳ない気持ちばかりが溢れてくる。

小夜は壱弥の左手を取った。腕にはまだ傷を隠すように包帯が巻かれていて、触れた手をしっかりと握り返すことすらも叶わない。それでも彼女は慈しむように壱弥の手を握る。

「壱弥くんはちゃんとわたしのこと、助けてくれたよ。この左手は、わたしの命を救ってくれた。壱弥くんがいてくれたから、わたしはこうやって笑いながら帰ることができるんやで。わたしにとって先生は、すごい大事な存在なんやからね。そう思う人がいることだけは絶対忘れんとってほしい」

どうか、自分自身を責めないでほしい。

もっと自分を大切にして生きてほしい。

そう、強く壱弥の手を握り締めながら小夜は告げる。

「どれだけ過去を悔やんでも、時間を戻すことは絶対にできひん。それなら過去を悔やむよりも、未来をよくするために今を後悔のないように生きていたい――壱弥くんに出会って、わたしはそう思えるようになったんやで」

だから、あなたにもそうであってほしい。

明るい未来を想像しながら、今を大切に頑張ってほしい。

眩しく光る彼女を前に、壱弥は柔らかくほほえむ。

「あなたの手術ができてよかったと思います。……退院おめでとう」

そう告げると、壱弥は小夜の頭を左手でふわりと撫でた。

悲しげに笑う壱弥の顔を見上げながら、小夜は零れ落ちそうになる涙を堪える。それでも雫は頬を伝って、胸元を濡らしていく。

「わたし、また困ったら先生に会いに来るから」

その眩しい笑顔に、壱弥は愛しさを抱くように目を細めた。

それから厳しいリハビリテーションを続け、ようやく左手の感覚を取り戻した壱弥は、一度は臨床への復帰を決意する。しかし、鋭いものを見ると過剰な反応を示すようになり、手術はおろか処置をする場面でも手の震えが治まらず、血液を見るだけで気分が悪くなることもあった。

それは外傷後の後遺症のようなもので、カウンセリングや内服での治療を試すも効果は芳しくなく、外科医としての復帰が叶うことはなかった。

隣に座る壱弥さんの横顔を見つめていると、無意識にはらりと涙が零れ落ちた。それを必死で拭う私に、壱弥さんは少しだけ困ったような顔をする。

「話してくれてありがとうございます」

「……いや、つまらん話聞かせて悪かったな」

そう言って窓の外に目を向けると、彼は左手を目線の高さにまで持ち上げた。その手は青空を掴むようにゆっくりと離握手を繰り返す。

「リハビリのおかげで指はほとんど元通りに動くようになったし、筋肉の萎縮も目立つほどやないねん」

ただ、繊細な医療処置や手術操作を行うには指先の精巧さに欠け、思うように力が入らない。幻肢痛のように、五年の歳月が経過した今でも天気が優れない日には神経痛が走ることもある。

彼が時折具合が悪そうにしていたのも、寝不足だと話していたのも、すべてその痛みのせいなのだろう。

「痛みもすぐに引いてくくらいやし、そんな心配せんでも大丈夫やから」

壱弥さんは優しくほほえみながら、隣に座る私の頭を左手でくしゃりと撫でた。細められた琥珀色の目は、どこか傷ついた心を映しているようにも見える。

私はゆっくりと過去を想起する。

いつだったか、彼は自分が今まで色んなものを失ってきたのだと話したことがあった。それは彼の抱く苦しみにも関連することで、今の彼が失くしたものを見つける探偵として依頼者の心を救おうとする理由に他ならない。

両親の記憶や、積み重ねてきた努力と希望、医師としての矜持、そして伯父母からの期待。彼が失ったものは、簡単に取り戻せるものではない。

その事実が、伯父母に対して抱く不甲斐なさにも繋がっているのだろう。

もう二度と彼らの期待に応えることはできない――そんな後ろめたさが、彼にとっては過去を思い出すトリガーでもあって、それが伯父母から距離を置いてしまった最大の理由なのかもしれない。

私はゆっくりと首を縦にふる。

「でも、ほんまにつらい時は隠さんと話してくれたら嬉しいです。私にできることなんてほとんどないかもしれへんけど、我慢するよりはずっとましやと思うから」

そう告げると、壱弥さんは「ありがとう」と言ってから、右手で左腕を庇うようにして顔を背けた。

今は服の袖で隠れてしまってはいるが、そこには当時の古い傷跡がある。その腕を目で追ったところで、私はふとある可能性に思い至った。

「あの……もしかしてなんですけど、壱弥さんが家事全般苦手なのって、その左腕の後遺症のせいやったりしますか……？」

恐る恐る尋ねたその質問に、壱弥さんはにんまりとした。

少し離れた場所で、背を向けたまま話を聞いていた貴壱さんがこちらを振り返る。

「いや、それは関係ない。こいつがぐうたらなんは元からや」

「え、ちゃうんですか」

私はきょとんとして、目を瞬かせた。壱弥さんが反論する。

「多少は関係してるかもしれへんやろ」

「そうですよね。先端恐怖症ってことは、料理も難しいやろし……」

「ナラちゃん、いくら優しくてもそこまで甘やかしたらあかん。俺と一緒に住んでた学生時代ですら料理なんか一回もしたことないし」

「一回くらいはあるやろ、多分」

「ないわ」

そう、冷たく吐き捨てる貴壱さんに、壱弥さんは少しだけ不満げに目を半分細める。そして「世知辛いなぁ」と文句を零しながらゆっくりと立ち上がった。

「まぁ、どうでもええ話も済んだことやし、ちょっと休憩でもするか」

「ほな、ナラちゃんにケーキでも出したったら」

そのまま彼はキッチンへと向かっていく。

そんな都合よくケーキなんてあるのだろうか、とも思ったが、冷蔵庫を開く彼をよそに貴壱さんが小さく笑った。

「あいつな、毎週末にナラちゃんが来るかもしれんって思て、お菓子とかケーキとか準備して待ってたんやで」

「そうなんですか」

「最近ずっと来てへんかったやろ。愛想尽かされてしもたんかもしれへんって焦ってたんとちゃう」

そう、揶揄《からか》うような口調で貴壱さんは告げる。その言葉の意味を考えていると、直後、お皿に載せたケーキとともに壱弥さんがふらりと戻ってくる。

そこには優しい生成り色のケーキがあった。土台となるパイ生地の上にはカスタードとスポンジが重ねられ、上からさつまいものクリームがモンブランケーキのように細く絞られている。更にその上には小さくカットされたさつまいもが飾られていて、差し出されたそれは、見た目も可愛らしい秋季限定のケーキであった。

目を輝かせる私を見て、貴壱さんもまた珍しく口元を綻ばせる。

「今日はさつまいものケーキか。先週はロールケーキやったし、その前はレアチーズケーキで、確か」

壱弥さんの足が貴壱さんの脇腹を捉えた。うっ、と鈍い声が漏れると同時に、壱弥さんの鋭い眼光が貴壱さんを睨みつける。

「しばくぞ、クソ兄貴」

「しばいてから言うな」

そのやり取りを見ると、やはり二人は仲のよい兄弟なのだと思う。そうやってふざけ合えるのも、ぶっきらぼうな言葉で笑い合えるのも、きっと心を許した家族であるからなのだろう。

いまだに何かを言い合う兄弟を横目に、私は両手を合わせてからさつまいものモンブランに銀色のフォークを通す。

ほっこりと甘いおいものクリームは舌触りが良くて、夢中で食べ進めていくうちにケーキはあっという間になくなってしまった。

帰宅してからも、どうしてか彼の話がぐるぐると頭の中を巡り続け、勉強すらも手に付かず、ぼんやりと自室のベッドに寝転びながら無為な時間を過ごしていた。このままでは本当に何も成せないまま一日が終わってしまう。そう思った私は、気分を入れ替えるために窓を大きく開け放った。

　冷たい空気の中に広がる星空は、眺めているだけでどこか清々しい気持ちにさせてくれる。秋の月が清かで美しいと言われるように、見上げた星もまたくっきりと瞬いていて、藍色のベルベットの上で輝く宝石のようにとても綺麗だった。

　ようやく目が冴えてきたところで、ベッドの片隅に転がっていたスマートフォンが振動する。大きく手を伸ばしスマートフォンを拾い上げると、画面には貴壱さんの名前が表示されていて、私は慌ててその電話に応答した。

「はい、ナラです」

「ナラちゃん、急に電話してごめんな。今ちょっとだけ話せる？」

　低く柔らかい声で尋ねられ、私は無意識に背筋を伸ばす。

「大丈夫ですよ」

「それならよかった。今日は色々とありがとう。勉強の邪魔やったりせん？」

「気分転換に窓の外眺めてたところやったんで、まったく」

　そう伝えると、彼は電話の向こう側で小さく笑った。

「そうなんや。俺もちょうど外に出てたところやわ」

「お散歩ですか？」

「うん。まぁ、家におったら子供らがうるさいし、ナラちゃんに電話するつもりで出てきただけなんやけどな」

貴壱さんの落ち着いた声を聞きながら、私はもう一度窓辺に寄り掛かる。変わらず美しい星月夜だった。

「そうやったんですね、お話ってなんでしたか？」

「あぁ、そんなたいした話ちゃうねんけど、壱弥の話聞いたせいでナラちゃんが心痛めてへんか心配になってな」

その台詞を耳に、私は思わず苦笑を零した。

やはり、貴壱さんと壱弥さんはよく似ている。そうやって自分のことよりも目の前の人を優先してしまうところや、相手をよく見て思い量ることができるところ――そんな優しさや高い洞察力は、兄弟に共通しているように思う。

私は窓を離れ、デスクチェアにゆっくりと腰を下ろす。

「……そうですね。もしかしたら、私が知りたいって言ったせいで壱弥さんの心の傷を抉《えぐ》ってしまったかもしれへん……とは思ってました」

思い悩んでいたことを正直に伝えると、ふっとほほえむような吐息を漏らしたあと、貴壱さんは柔らかい口調で続けていく。

「うん、そんなところやとは思ってたよ。でもな、あぁいうんはむしろ人に話す方がええんやで」

「そう……ですかね」

「あぁ、カタルシス効果って言うやろ」

それは、心の内に秘めた感情を誰かに話すことで、苦しみが緩和されるという現象のことをいう。つまり、壱弥さんが過去を私に打ち明けたことで、抱えていた苦しみが僅かながらでも軽減されたのではないか、ということなのだろう。

「それに、ナラちゃんに時計屋を紹介した一件から、ずっと当時のこと思い出しとったみたいやし、直球で聞いてもらえてよかったんちゃうかな。まぁ、確かにちょっと大胆やなとは思ったけど、そういうところも含めて俺は大歓迎やで」

あいつは引け気味なところあるからな、と貴壱さんは妙に納得したように呟いた。

いったい何を歓迎されているのだろうかとも思ったが、質問を返す間もなく貴壱さんは続けていく。

「あとな、もうひとつナラちゃんに話しときたいことがあんねん」

貴壱さんの声色が、直前よりもいくらか真剣なものになった。無意識に声を潜めて相槌を打つ。

「なんで壱弥が匡一朗さんのところで働くようになったんか、なんやけど」

紡がれたその言葉にどきりとした。

思えば、壱弥さんが祖父の法律事務所に身を置くことになったのは、今から五年前の初冬のことで、彼が怪我をして医師を辞めることになった時期とぴったりと重なっている。

どうして今まで気が付かなかったのだろう。

たった一度の事故を契機に、壱弥さんは自身の夢だけではなく、今まで積み重ねてきた時間を失ってしまったのだ。抱く苦しみや絶望は、容易に癒せるものではない。

それでも、そんな絶望の中に光を灯すため、手を差し伸べてくれたのが祖父だったのだろう。

「こういうこと、あんまり勝手に喋るもんやないんかもしれへんけど、これは匡一朗さんの話でもあるから、ナラちゃんには知っててもらった方がええと思うねん」

そう呟くと、貴壱さんは当時のことをゆっくりと語った。

いわく、怪我の治療を終え退院してからもずっと、壱弥さんは通院をしながら左手のリハビリテーションを続けていたそうだ。しかし、その努力の甲斐も虚《むな》しく仕事復帰が叶わなかったことで心を病み、次第に抑うつ状態が目立つようになっていったという。

もちろん兄である貴壱さんに支えられながら、メンタルケアのために心療内科にも通っていたそうではあるが、抑うつ状態は日ごとに増すばかりであった。やがて食事をまともに摂ることすらもできなくなり、それを境に目に見えて衰弱していったという。

その姿に耐え兼ねた貴壱さんが、祖父に相談をもちかけたことがきっかけだった。

「……うちの両親が早くに亡くなってるんは、ナラちゃんも知ってるよな」

「はい」

ただ、壱弥さんは当時のことを記憶していないのだと話していたはずだ。

貴壱さんは静かに続けていく。

「壱弥と違って、俺はその時のことをはっきりと覚えてんねん。両親が亡くなった時のことも、匡一朗さんにお世話になったことも、ナラちゃんが住んでる北白川の家に身を置かせてもらってたことも」

だからこそ、幼い頃からずっと気にかけてくれていた祖父ならば、壱弥さんのことを救ってくれるかもしれない。乱れる心を少しでも落ち着かせてくれるかもしれない。

そう思ったのだ。

それから祖父は、壱弥さんを半ば無理やりにでも連れ出し、誰かと過ごす時間を作れるようにと関わった。同時に、目的を与えるように彼へと告げる。

――少しだけでいいから、僕の仕事を手伝ってくれへんかな。この仕事は色んな人に接する機会も多いし、医師とはまた違うけど、困った人を助けることでもあるやろ。

ゆっくりでもいいから失った光をもう一度取り戻してほしい。

そう願いながら、祖父は壱弥さんの心に寄り添う形で、ともに仕事をする道を拓《ひら》いてくれたという。

仕事を通して人の心に触れることは、きっと彼に希望を見出《みいだ》させてくれる。そして落ち着いた空間で誰かと一緒に食事をすれば、ほんの少しでも何かを口にできるかもしれない。

そう言って壱弥さんを自室へと招き入れ、毎日のように温かい食事や飲み物、菓子などを出してくれていたそうだ。

だから、壱弥さんにとって祖父は絶対的な存在なのだ。

「……匡一朗さんは、俺らのことを二度も絶望から救ってくれた。そやから、今こうやって俺らがまともに生きていけてるんは、匡一朗さんのお陰なんやって心から思ってるんやで」

もちろん、不完全で脆い部分はたくさんある。それでも、周囲の人の手を借りながらもなんとか生きることができているのだ。

涙が零れてしまわないように、私は窓の外に広がる夜を見上げる。

「お祖父ちゃんのこと、信じてくださってありがとうございます。貴壱さんと壱弥さんが生きてくれてよかったって、私も思います」

そう、かすかに震える声で自分の想いを口にすると、電話の向こう側で貴壱さんがほほえんだような気がした。

「……これやから、ナラちゃんは特別なんやろうな」

染み入るような貴壱さんの声は、星が瞬く夜空にゆっくりととけた。

見上げた空は想像よりもずっと青くて、雲ひとつない秋晴れの朝だった。

どんどんと秋の色彩は深まり、肌を撫でる空気は冷たさを増して、気が付くと最低気温は十度を下回るようになった。ひんやりと冷たい風を防ぐためキルティングのブルゾンを羽織った私は、いつもと同じように赤い自転車を走らせる。

黄金色の銀杏が舞い散る白川通《しらかわどおり》を進み、丸太町通から岡崎通へと折れると、そのまま真っ直ぐに三条通を目指していく。そして神宮道へと到着したところで、道行く歩行者を避《よ》けるために自転車を降りた。

足元に落ちていた枯れ葉が、風に吹かれて乾いた音を立てる。その秋の音色に耳を澄ませながら、私は自転車を押して事務所までの道をゆっくりと歩いた。

変わらず施錠されていない入り口を開き、事務所を越えて部屋に入る。時刻は午前九時を過ぎたばかりで、いつも通り壱弥さんはまだソファーで二度寝を満喫しているものだと思っていた。しかしソファーに目を向けると、そこには背筋を伸ばしたまま、湯気の昇るカップを片手に朝の情報番組を見ている彼の姿があった。

室内には香ばしいコーヒーの香りが広がっている。

「壱弥さん、おはよう」

彼の琥珀色の瞳が私をなぞる。

「おはよ。今日ちょっと寒いな」

そう言って、壱弥さんは静かにブラックコーヒーの入ったカップに口をつけた。

よく見ると南側の窓は半分ほど開け放たれていて、そこから冷えた空気が注ぎ込んでいる。空気を入れ替えるためなのだろう。彼は黒いカットソーの上にふんわりとしたベージュのカーディガンを重ねていた。

「私もお茶淹れていい？」

「ん、好きにし」

私は手にしていた鞄をソファーの端に置いてから、キッチンを借りて温かいほうじ茶を淹れる。そして部屋へと戻ると、空いていた彼の隣に座った。

「そういえば、色々と調整してもらってありがとうございます」

「あぁ、大丈夫やで。いつか話せなあかんとは思ってたことやから」

壱弥さんはテレビに視線を向けたまま、低い声で話す。その顔色は感情を多くは語らせない。しかし、固く結ばれる口元には少しの緊張が隠されているようにも見えた。

それから約束の時刻よりも余裕をもって私たちは事務所へと移動する。もうすぐ彼女が来ると思うと心が落ち着かない。

やがて午前十時を目前にして、訪《おとな》いを告げるインターホンが鳴った。

視線で促されるまま事務所の入り口を開くと、そこには大小ふたつの紙袋を提げた佳矢さんが立っていた。

彼女から連絡が入ったのは、昨日の午後のことだった。受け取った話によると、修理に出していた時計は、エッジに小さな傷が残ってしまったものの、歪んだ部品を交換するだけで元通りに動くようになったそうだ。

本来であれば、修理を終えた時計は店舗へと取りに行くのが正しいのだろう。しかし、どうしても壱弥さんに会って話がしたいという佳矢さんの要望によって、直接この事務所にまで届けてもらうことになったのだ。

私の誘導に従って、佳矢さんは周囲を窺うように見回しながらゆっくりと事務所に足を踏み入れる。そして小さく会釈をする壱弥さんを目に映したその瞬間、はっとして目を大きく見張った。

「春瀬さん……」

「ご無沙汰しております」

壱弥さんはかすかに笑みを浮かべる。そしてそのまま手で応接用のソファーを指し示すと、佳矢さんは大きい方の紙袋を私に差し出してからソファーに着いた。

受け取った紙袋には、有名なチョコレート専門店の可愛らしい箱が入っていて、中身は見た目も華やかなチョコレートサンドの詰め合わせであった。

二人が静かに会話を重ねている間、いただいたチョコレートサンドをいくつか器に入れて、私は温かいコーヒーとともに机に並べていく。そして私が壱弥さんの隣に座ると、佳矢さんは礼を告げてからミルクやシロップには手をつけず、コーヒーを一口飲んだ。

ゆっくりと私に目を向ける。

「先に修理に出してもらった時計、お返ししておきますね」

そう言って、彼女はもうひとつの小さい紙袋から真四角の箱を取り出した。黒いシンプルな紙箱の蓋を外し、それを私の目の前に差し出してくれる。箱と同じ黒い布張りの台座に載せられた時計は、綺麗に磨き上げられたことで、美しい黄金色の輝きを取り戻していた。

こわれものを扱うように、私はゆっくりと懐中時計に触れる。手に取った時計を隅々まで見回してみると、やはりエッジには落とした時にできたと思われる小さな傷があった。それでも、今まさに巻き上げられたゼンマイによって、時計は緩やかに時を刻み始める。

「……直してくれはって、ありがとうございました」

「どういたしまして。こちらこそ、大事にしてくれてありがとうね」

その言葉を耳にした瞬間、私はこの時計が小夜さんの手によって作られたものであることを思い出す。

小夜さんは今どうしているのだろうか。今でも変わらず病と闘いながら、スイスで時計を作っているのだろうか。尋ねてもいいものかと悩んでいると、覚悟を決めたのか壱弥さんがゆっくりと口を開く。

「……小夜さんは今もスイスにいらっしゃるんですか？」

低い声で紡がれた彼の言葉に、目を伏せてから佳矢さんは首を横にふった。

「いいえ、娘は昨年の秋に」

そう、言葉の末尾を濁す。

そんな予感はしていたのだろう。唐突に告げられた訃報にも取り乱す様子も見せず、壱弥さんはただ悲しげに「そうでしたか」と相槌を打った。

それから佳矢さんはいくつかのことを教えてくれた。

脳腫瘍の手術を終えて退院したあとも、小夜さんが壱弥さんのことをひどく心配していたということ。それから間もなく、腎臓腫瘍の治療を受けるために再度入院することになったということ。無事に腎臓の手術を乗り越えて退院したものの、約二年後に肺への転移が見つかったということ。そして、手術治療や薬物治療を繰り返しながら、二年間の厳しい闘病生活ののちに亡くなったということ。

その事実が重く心にのしかかる。

それでも、彼女は決して絶望するような素振りを見せることも、過去を悔やむこともしなかった。壱弥さんとともに過ごした頃と変わらず、未来はよりよく刻めるのだと信じて笑顔を絶やすことなく前向きに生きていたという。

そして、腎摘除術を受けたあと、小夜さんはスイスから日本へ完全に移住することを決意し、以降は実家の時計屋を手伝いながら機械式時計の製作に励んでいたそうだ。

祖父から譲り受けたこの時計は、脳腫瘍の治療を終えた小夜さんが失調症状に苦戦しながらも最初に製作したもので、文字盤に刻まれた「S.Kurono」という文字は彼女の名前を示している。

それがどうして祖父の手に渡り、私へと引き継がれることになったのか――その疑問は佳矢さんによってゆっくりと解かれていく。

「ちょうどその懐中時計が出来上がった頃……確か一月の終わりやったと思います。娘を訪ねて、高槻先生がうちに来られたそうです」

彼女の言う高槻先生とは、もちろん祖父のことを指している。

「ただ、それは私が直接見たことやなくて、娘から聞いただけの話やったんで、すっかり忘れてしまってました。でも、あなたの名前と懐中時計を見た時、高槻先生のことをふと思い出したんです」

そう聞いて、私は恐る恐る尋ねかける。

「祖父はどんな用件で小夜さんを訪ねたんでしょうか……?」

「高槻先生は、春瀬さんに会ってほしいって娘に伝えたそうです」

その瞬間、壱弥さんが目を見張った。

「匡一朗さんが、なんで……」

「詳しいことは分かりません。ですが、娘があなたに心を寄せてたのは事実ですし、あなたが娘を大切に想ってくれていたことも知ってます」

つまり、祖父は傷ついた壱弥さんの心を救うために、小夜さんに力を貸してほしいと願い出たということなのだろう。

しかし、小夜さんはその申し出を断った。祖父がどれだけ言葉を重ねても、彼女の意志は固く、簡単に揺らぐものではなかったという。

佳矢さんは柔らかい声音で続けていく。

「……恐らく娘は、あなたの貴重な時間を奪いたくないって思ってたんやと思います」

今ここで手を差し出してしまったら、その手を彼が躊躇うことなく握り返してしまったら、もう二度と離すことはできなくなってしまう。きっと離れたくないと願ってしまうことになる。

そう分かっていたからこそ、小夜さんは壱弥さんに会うことを拒んだ。

病を抱えた身である自分がそばにいれば、彼の自由を奪ってしまうことにもなりかねない。そう思った彼女は、自分の想いを断ち切ることを選択したのだろう。

そしてその想いを知った祖父は、それ以上踏み込むことはしなかった。代わりに自身の名刺を差し出して、心に変化があった時にはすぐに連絡が取れるように、苦しい時に頼れる人がいるように、そう彼女に伝えたそうだ。

同時に、壱弥さんが祖父のもとで働いていると知った小夜さんは、自身が作った懐中時計を祖父へと託した。

彼のことを縛り付けたくはないから、渡さないでほしい。でもせめて、彼の近くにいる人に持っていてほしい。自分の代わりに、彼のそばで時を刻むことができるように、と言葉を添えて。

柔らかく語る佳矢さんの前で、壱弥さんは何も言わないまま琥珀色の目を伏せる。

私は手の中にある懐中時計を見やった。蓋を開くと、文字盤には艶やかな琥珀色の石が装飾されていて、光を反射させるようにきらきらと輝いている。その石を見て、私はようやく気が付いた。

「この懐中時計は、小夜さんが壱弥さんを想って作ったもんやったんですね」

彼の印象的な瞳とともに、彼に出会った秋の黄葉の景色を思い出しながら、琥珀色の石を装飾した時計を製作したのだろう。腕時計はしないと言った壱弥さんのことを想い、身に着けやすい懐中時計という形で。

私の言葉にゆっくりと頷きながら、佳矢さんは目を細める。

「実は、春瀬さんが高槻先生の事務所を継いで探偵をされてるってことは、亡くなる直前に娘から直接聞いたことなんです」

悲しげにほほえむ佳矢さんに、壱弥さんは顔を上げた。

「……小夜さんは、俺が探偵をしてるって知ってたってことですか？」

「えぇ。昨年の今頃に、高槻先生を訪ねる電話を受けた覚えはありませんか」

壱弥さんがはっとしたのが分かった。

「もしかして……その電話」

佳矢さんは静かに首肯する。

「あなたの優しい声が聞きたくて、小夜は高槻先生に貰った名刺の番号に電話をかけたんです」

その姿を、佳矢さんはそばで見守っていたそうだ。

電話越しに聞こえる壱弥さんの声に、彼女は今にも泣き出しそうな顔を見せながらも、精一杯に言葉を紡いでいく。肺を患っていたゆえに、本当は声を発することすらも苦しいことであったはずだった。ゆっくりと息を継ぎながら、一言ずつ途切れ途切れに話したせいで、上手くは伝わらなかったかもしれない。

それでも、彼女はただ壱弥さんの声が聞きたい一心で、電話をかけることを決意したのだろう。

「──それが、娘が亡くなる三日ほど前のことです。電話を終えた時、最期に壱弥くんに会えたような気がしたって、小夜は幸せそうに笑っていました。あなたがいたから、娘は最期まで明るく笑って生きることができたんです」

ありがとう、と告げる佳矢さんの言葉に、壱弥さんは苦しげに顔を伏せた。

「……すいません」

そう弱々しい声で呟くと、彼は零れそうになる涙を必死に堪える。その震える背中へと手を伸ばし、私は静かに声をかけた。

「我慢せんくていいと思います。それは、壱弥さんが大切な人を想う涙やから……」

その瞬間、壱弥さんは泣き崩れるように手で顔を覆った。

そして大粒の涙とともに嗚咽《おえつ》を漏らす。

彼女が作った機械式時計は、今でも確かに時間を刻んでいる。

○

白い車は丸太町通から細い路地へと折れて、目的地のすぐそばにある駐車場で停止した。たいした言葉を交わさないまま、車を降りた私たちは正面の石段を上り、五色幕が掛けられた山門を潜り抜ける。

辿り着いたのは小夜さんが眠る静かな墓地で、周囲には燃えるような赤色を灯した紅葉が、間もなく訪れる冬に備えるようにその葉を緩やかに散らしていた。

乾いた落ち葉を踏みながら、私は黒一色の礼服に身を包んだ壱弥さんの背中を追いかける。右手には小さな白色の花束が握られていて、緩やかな歩調に合わせて揺れる可憐な花に目を向けると、手首にはいつもと違う黒い重厚な腕時計が装着されていることに気が付いた。

ようやく見つけた墓石の前で、壱弥さんは静かに膝を折り、手にしていた白い花束を添える。そしてゆっくりと手を合わせ、祈るように目を閉じた。それに倣って私もまた彼の隣で両手を重ね合わせる。

瞼《まぶた》を下ろすと同時に、寂しげに囀く鳥の声が周囲に響き渡った。それでも、柔らかく差す西日は壱弥さんを、私を、後ろから優しく照らしている。

壱弥さんは今、何を想っているのだろう。ほんのひとときだけでも苦しみを忘れ、穏やかな心で彼女と向き合うことができているのだろうか。そんな不安を抱くほど、彼の表情は一切の変化を見せず、ただ真っ直ぐに目の前の景色を見つめているだけだった。

やがて冷たい風が吹いて少し長めの前髪が揺れたかと思うと、彼はふわりと立ち上がる。

「……そろそろ行くか」

たったそれだけを告げると、壱弥さんは伏せていた顔を上げ、躊躇いなく踵《きびす》を返す。その背中を追いかけながら、私たちはゆっくりと元来た道を辿った。

長い石段を下り、蓮池にかかる小さな石橋を渡ったところで、なだらかな坂道の両端に一際赤く色づいた大きな紅葉が姿を見せる。木は迫《せ》り出すように空を覆っていて、その華やかさからか周囲には写真を撮る多くの観光客がいた。

はぐれてしまわないように、私は人だかりを避けながら前を歩く壱弥さんの左袖を指先で掴む。すると彼は琥珀色の瞳で私を一瞥してから、少しだけ迷いながらも左手で私の右手を柔らかく握った。

壱弥さんは静かに口を開く。

「あのさ、ちょっと行きたい場所あるんやけど、帰りに寄り道してってもええか」

「はい、大丈夫ですよ」

「ありがとう。すぐ近くやし、そんな時間かからへんから」

その行き先がどこであるのかは分からない。しかし、どこか遠くを見るように前を見据えた瞳からは、それが記憶に残る大切な場所であるのだと容易に想像できた。

寺院を後にして、車は京都御苑の南側にある小さなパーキングへと入る。

気が付くと西の空は淡い桃色に染まり、太陽は緩やかに傾き始めていた。

秋の日は釣瓶《つるべ》落としとはよく言うが、時間が経つごとに空がどんどんと色づいていく様子がはっきりと見える。その景色を背景に、壱弥さんに連れられて間之町口から御苑に足を踏み入れた。

そこから人気《ひとけ》の少ない苑内を建礼門に向かって真っ直ぐに歩き続け、ようやく辿り着いたのは、大きな銀杏が輝く場所だった。

美しく黄葉した巨木は小高い丘の上にあって、その周囲を小さな子供たちが楽しそうに声を上げながら駆け回っている。大人たちはみんな帰路に就く準備をしているようで、それぞれに子供たちの名前を呼びながら、その場を後にしようとしていた。

秋風に吹かれ、銀杏の葉が吹雪のように舞い落ちる。斜陽によって赤みを帯びたその葉は、次々と地面に降り積もり、周辺を暖かい琥珀色に染め上げていた。

鮮やかな秋の色を映すように、壱弥さんは大きな瞳で目の前の景色を見つめている。

「綺麗ですね」

そう沈黙を破ると、彼はひっそりとした声で相槌を打った。

きっとこの場所に足を運べば、もう一度彼女に会えるような気がしたのだろう。彼は懐かしい景色とともに彼女の姿を思い返すように目を閉じる。

柔らかく波打つ髪と、大きな茶色の瞳。綺麗な白い肌。花のように可憐な笑顔――今はもうそこにはないあの日々の眩しさが、弾けるように煌めいては消えていく。

それと同時にゆっくりと開く瞳からは、はらりと雫が落ちる。それを手で拭い取ってから、壱弥さんは隣に立つ私を見下ろした。

「……なんも聞かんとついてきてくれてありがとう」

私は首を横にふる。

「いえ、一緒に来られてよかったです。私にとっても、すごい大切な場所になったから」

壱弥さんは私を見つめながら、眩しさを堪えるように目を細める。

「そうか」

たった一言それだけを告げると、彼は晴れやかな顔で再び銀杏の木を見上げた。

あの日、輝いていた日々を失ってしまった時、傷ついた心とともに彼の瞳も一度は暗闇に落ちるように翳りを見せていたのかもしれない。

しかし、その翳りはもうどこにもない。

かつて彼女が想った美しい琥珀のように、きらきらと輝いている。

あとがき

このたびは本書をお手に取っていただき、誠にありがとうございます。泉坂光輝《いずみさかみつき》です。

今回で本シリーズもようやく三作目となりました。過去作から応援してくださっている皆様、初めてこの作品に出会ってくださった皆様、本当にありがとうございます。

初夏から始まった物語も、ようやく涼やかな秋の季節を迎えることになりました。

今作では、秋を巡る三つの物語の中に、主要キャラクターである探偵・壱弥の過去に触れる話が含まれております。本来であれば、ナラ視点の一人称で進んでいく作品であるため、どのような形で彼の過去を描くべきか、直前まで悩んでいたように思います。台詞だけで語らせるには味気ないだろうし、だからといって探偵の一人称で描くには鮮明になりすぎる。いい塩梅になるよう導き出した結果が、三人称壱弥視点でした。

壱弥の口から語られる過去の出来事を知って、皆様もまた主人公であるナラと同じ目線で驚き、彼の抱く虚しさや不甲斐なさに気付いてくださるとありがたいです。そして彼らと同じように、過去に絶望するだけではなく、これからの未来をよりよく生きるために、明るいほうを見ていただけると嬉しく思います。

サブタイトルの「秋霖《しゅうりん》と黄金色《おうごんいろ》の追憶」ですが、雨空のように曇った心と、かつては輝いていたであろう過去の時間を表しています。また、作品内にちりばめた夕焼けや銀杏の景色、懐中時計、琥珀色の瞳のように、印象的な温かい色を連想し「黄金色」としました。

そんな温かく目映い光を象徴するように、装画もまた夕焼けが美しい素敵な景色に仕上げていただきました。装画は金戒光明寺《こんかいこうみょうじ》の山門を背景にした場所です。紅葉シーズンでも比較的混雑しない穴場スポットでもあり、近隣には真正極楽寺《しんしょうごくらくじ》（真如堂《しんにょどう》）という紅葉の名所もあります。機会があれば是非、足を運んでみてください。

纏《まと》わりつくような暑さも過ぎ去り、これからの物語は少し乾いた空気が取り巻く冷たい季節へと移ろいでいくことになります。少しずつ変化するナラの心に、周囲の環境も緩やかに変わり、花が開く春へと近づいていくはずです。どうか、最後まで応援していただけると嬉しい限りです。

最後になりましたが、出版するにあたってご尽力を賜りました関係者の皆様、いつも背中を押してくださる担当編集者様、本書を手に取ってくださった皆様、そして作品やキャラクターを愛してくださっている皆様。すべてのご縁に心から感謝を申し上げます。

二〇二四年　立春の朝、梅花の綻ぶ京都《みやこ》にて　泉坂光輝

ことのは文庫

神宮道《じんぐうみち》西入《にしい》ル
謎《なぞ》解《と》き京都《みやこ》のエフェメラル
秋霖《しゅうりん》と黄金色《おうごんいろ》の追憶《ついおく》

2024年3月25日　初版発行

著者　泉坂《いずみさか》光輝《みつき》

発行人　子安喜美子

編集　佐藤　理

印刷所　株式会社広済堂ネクスト

発行　株式会社マイクロマガジン社
URL：https://micromagazine.co.jp/
〒104-0041
東京都中央区新富1-3-7 ヨドコウビル
TEL.03-3206-1641 FAX.03-3551-1208（販売部）
TEL.03-3551-9563 FAX.03-3551-9565（編集部）

本書は、小説投稿サイト「エブリスタ」（https://estar.jp/）に掲載されていた作品をシリーズ化し、新たに書き下ろしたものです。
定価はカバーに印刷されています。

ISBN978-4-86716-544-7　C0193
乱丁、落丁本はお取り替えいたします。